AS OUTRAS PESSOAS

AS OUTRAS PESSOAS

IVAN JAF

ilustrações de RAFAEL ANTÓN

Editora do Brasil

© EDITORA DO BRASIL S.A., 2016
TODOS OS DIREITOS RESERVADOS
Texto © IVAN JAF
Ilustrações © RAFAEL ANTÓN

Direção geral: VICENTE TORTAMANO AVANSO
Direção adjunta: MARIA LUCIA KERR CAVALCANTE DE QUEIROZ

Direção editorial: CIBELE MENDES CURTO SANTOS
Gerência editorial: FELIPE RAMOS POLETTI
Supervisão de arte, editoração e produção digital: ADELAIDE CAROLINA CERUTTI
Supervisão de controle de processos editoriais: MARTA DIAS PORTERO
Supervisão de direitos autorais: MARILISA BERTOLONE MENDES
Supervisão de revisão: DORA HELENA FERES

Coordenação editorial: GILSANDRO VIEIRA SALES
Assistência editorial: PAULO FUZINELLI
Auxílio editorial: ALINE SÁ MARTINS
Coordenação de arte: MARIA APARECIDA ALVES
Design gráfico: CAROL OHASHI/OBÁ EDITORIAL
Coordenação de revisão: OTACILIO PALARETI
Revisão: ANDRÉIA ANDRADE
Coordenação de editoração eletrônica: ABDONILDO JOSÉ DE LIMA SANTOS
Editoração eletrônica: ADRIANA ALBANO
Coordenação de produção CPE: LEILA P. JUNGSTEDT
Controle de processos editoriais: CARLOS NUNES E RAFAEL MACHADO

Dados Internacionais de Catalogação na Publicação (CIP)
(Câmara Brasileira do Livro, SP, Brasil)

Jaf, Ivan
    As outras pessoas / Ivan Jaf; ilustrações de Rafael Antón.
– 2. ed. – São Paulo: Editora do Brasil, 2016. – (Série toda prosa)

ISBN 978-85-10-06139-1

1. Literatura infantojuvenil I. Antón, Rafael. II. Título. III. Série.

16-03102   CDD-028.5

Índice para catálogo sistemático:
1. Literatura infantojuvenil   028.5
2. Literatura juvenil   028.5

2ª edição / 3ª impressão, 2023
Impresso na Gráfica PlenaPrint

Avenida das Nações Unidas, 12901
Torre Oeste, 20º andar
São Paulo, SP – CEP: 04578-910
www.editoradobrasil.com.br

PORQUE RESTA DA GENTE TÃO POUCA COISA, POUCA LEMBRANÇA, UMA PEQUENA IMPRESSÃO APENAS, COMPREENDE? A GENTE NASCE E TENTA SOBREVIVER SEM SABER POR QUE, APENAS CONTINUA TENTANDO. E A GENTE NASCE EM MEIO A UMA PORÇÃO DE OUTRAS PESSOAS, JUNTO COM ELAS, QUE TAMBÉM ESTÃO TENTANDO, TENDO DE TENTAR, MOVENDO OS BRAÇOS E AS PERNAS QUE ESTÃO PRESOS AOS FIOS, OS MESMOS FIOS QUE ESTÃO ENLEADOS A OUTROS BRAÇOS E PERNAS, E TODOS OS OUTROS TENTANDO TAMBÉM, SEM SABER POR QUÊ. A ÚNICA COISA QUE SE SABE É QUE TODOS OS FIOS ESTÃO TRANÇADOS E ENREDADOS, UM NO CAMINHO DO OUTRO.

WILLIAM FAULKNER

O GRANDE PAINEL DE VIDRO REAPARECE ASSIM, DENTRO DE UMA MALA VELHA, ENTRE FOLHAS AMARELADAS DE POEMAS. VINTE ANOS DEPOIS. O TEMPO SALTA PARA TRÁS

UM

O grande anel de vidro reaparece assim, dentro de uma mala velha, entre folhas amareladas de poemas. Vinte anos depois.

O tempo salta para trás. Recordo.

Estou caminhando com meu pai pela estrada de barro, à beira de uma lagoa de águas escuras. Ele vai com o olhar fixo em coisas que eu não posso ver.

Se dermos as mãos, minha outra mão ficará vazia. Sentirei falta de minha mãe. Ainda não me acostumei com a sua ausência, mas sei que é preciso. Melhor não chorar.

Para um menino de dez anos, o mundo às vezes se torna estranho e pesado.

– Pra lá fica a praia – aponta à esquerda. – Uma praia grande. Mais de trinta quilômetros. Você vai ver.

Ele carrega a mochila pesada, com todas as nossas coisas. O suor lhe escorre pela testa, empapa a camisa. É um homem que acaba de deixar uma vida para trás. Um salto no tempo. O lugar onde estamos se chama Boqueirão. Ele vai abrir uma fábrica de vidro ali.

No meio da lagoa um homem joga tarrafa.

O tênis novo me esfola o calcanhar.

Uma galinha cruza a estrada.

Dois urubus nos olham de cima de uma pedra.

Senta num tronco caído, pousa a mochila no chão e enxuga o suor da testa com a manga da camisa. Sento a seu lado.

Passa a mão na minha cabeça.

O sol escaldante. Os vapores subindo da terra. Verão.

– A primeira providência – ele diz – é procurar um tal de Jovi e perguntar sobre casas pra alugar.

Na birosca nos indicaram a casa, no fundo do terreno, coberta por telhas velhas, verdes de limo, cercada de coqueiros. Um gato gordo dormia na varanda. Meu pai bateu palmas da cerca.

A mulher baixa e gorda veio enxugando as mãos num avental cheio de sangue e restos de peixe.

– Jovi? É meu marido. Tá chegando – e apontou um dedo coberto de escamas na direção da lagoa.

Era aquele que jogava tarrafa. Atarracado, cabelos brancos cortados curtos, a pele curtida de sol, o rosto enrugado. Vinha carregando um cesto. Alguns peixes ainda pulavam.

– Disseram que o senhor tem casas pra alugar – meu pai falou.

Jovi coçou a cabeça.

– Pois é. Mas tão todas ocupadas.

Meu pai não estava tendo muita sorte nos últimos tempos.

– Tem aquela da Rua dos Pedreiros – lembrou a mulher.

– Não tá nem acabada. Só as paredes e o telhado.

Meu pai insistiu:

– Vamos ver. Não me incomodo de fazer melhorias.

– E quanto tempo o senhor pretende ficar?

Aquela era uma pergunta difícil para ele. Achei que ia falar sobre a fábrica de vidro. Não falou.

– Um ano.

O gato se espreguiçou e veio ver o cesto.

– Vocês já almoçaram? – Jovi perguntou.

– Não.

– Vou tomar um banho e botar roupa limpa. Albertina, frita umas tanhotas dessas pra gente.

– Não precisa...

– Precisar não precisa, amigo. Mas é danado de gostoso.

Caminhávamos entre cercas de arame farpado e moirões tortos. Marimbondos zumbiam perto da minha cabeça. Camaleões deslizavam na areia.

Jovi explicava o Boqueirão:

– Antes isso aqui era só areia e cacto. Terra sem dono. Aí a prefeitura loteou. Abriram estas estradas, trouxeram esse barro vermelho, e deram lote de graça a quem cercasse e fizesse alicerce. Começou a aparecer cerca e alicerce por todo lado.

Um homem veio em sentido contrário, tropeçando nas próprias pernas. Vestia roupas sujas e largas, a calça amarrada por um barbante, o casaco de brim surrado cobrindo a camiseta furada. Cheirava a álcool.

Passou, cumprimentou Jovi e já havia se afastado quando parou e gritou:

– Ei! Você aí que eu não conheço!

Meu pai virou e olhou para trás. O homem tornou a gritar:

– Não olhe pra trás!

O velho colocou a mão no meu ombro e apertou.

– Não liga, não – explicou Jovi. – É o Zé do Boné. Só não bebe quando tá dormindo. Conserta fogão.

Durante todo o tempo que moramos lá, nunca o vi de boné.

A Rua dos Pedreiros era formada por casas pequenas, de um lado e do outro, cada uma no centro de um lote de quinze metros de frente por trinta de comprimento, cercado por arame farpado ou bambu.

A primeira, na esquina esquerda, era um armazém, um grande galpão retangular, alto e sem janelas, com duas portas

largas na frente. Dentro, um comprido balcão de madeira ensebada e prateleiras do chão ao teto, com todo tipo de objetos. E mais coisas empilhadas no chão, e penduradas nos ganchos que pendiam do telhado.

– Esse é o bar do Batista – apontou Jovi com o queixo.

– Aí deve ter tudo de que uma pessoa precisa – meu pai disse.

– Se não tiver, ele manda buscar.

Dois cães velhos dormiam sob a marquise.

Entramos na rua.

Pouco movimento. Fumaça saindo das chaminés. Mulheres e crianças aparecendo nas janelas para saber por que os cães latiam.

Três crianças brincavam sobre um monte de terra.

Dois meninos soltavam pipa.

Todos paravam para nos ver passar.

– Para fazer tanto alicerce veio muito pedreiro de longe – continuou Jovi. – A maioria acabou ficando e conseguiu lote de graça. Formaram esta rua. A casa que eu vou mostrar é a última da esquerda.

As construções eram recentes: paredes sem reboco, pilhas de tijolos, telhas, areia e pedras para concreto espalhadas por todos os cantos, entre amendoeiras, aipins, mangueiras, cajueiros, bananeiras, hortas...

O cheiro de feijão preto com louro.

Paramos em frente a um matagal alto. Jovi cuspiu no chão e balançou a cabeça.

– Já viemos até aqui – disse meu pai. – Vamos entrar.

O capim cortava a pele. Minhas roupas se encheram de carrapicho e pernilongos atacaram meu pescoço.

Era uma casa muito pequena. O mato crescia à vontade dentro dela, brotando do chão de areia escura.

Uma meia-parede a dividia em dois cômodos.

Faltavam muitas telhas.

O mato só não brotava num canto do cômodo que dava para a porta. Ali havia um piso de cimento e um cano saindo da parede. Instalações para uma futura cozinha.

Jovi estava sem graça, segurando o chapéu de palha na frente do corpo, como se quisesse se esconder atrás dele.

– Eu disse que não tava acabada.

Meu pai andou em volta da casa, calado. Parou, passou a mão na parede:

– Não quero mais alugar, Jovi.

– Claro. Desculpa.

– Quero comprar. Faça o preço.

ACORDEI COM AS PERNAS DORMENTES, DEPOIS DE UMA NOITE INTEIRA DOBRADAS PARA CABER NO PEDAÇO CIMENTADO DO CHÃO DA CASA ONDE DORMI COM MEU PAI. O SEU LIMBO

DOIS

Acordei com as pernas dormentes, depois de uma noite inteira dobradas para caber no pedaço cimentado do chão da casa, onde dormi com meu pai.

O céu limpo, azul.

Caminhei entre as moitas. Os grilos pulavam, passarinhos cantavam.

Encontrei o velho sentado na areia, sem camisa, pegando o sol da manhã, com as costas apoiadas na parede da casa. Tinha uma folha de papel sobre a coxa direita e fazia anotações.

– É uma lista – ele disse. – Vamos lá no Batista.

– Rimou.

– Vou acabar virando poeta.

A rua começava a se mexer. Homens saíam de bicicleta para o trabalho. O cheiro agora era de café.

Meu pai cumprimentava os vizinhos surpresos. Crianças gritavam para avisar as outras. Cães latiam.

O armazém estava cheio. Batista atendia os fregueses. Quarenta anos, gordo, rosto enrugado, bigode fino e cabelo preto sempre esticado para trás. Grandes olheiras. Todos queriam bisnagas e sacos de leite. Ele embrulhava, passava barbante, pegava dinheiro e dava troco.

Ficamos num canto, esperando que o movimento diminuísse.

Batista leu a lista.

– Tenho tudo. Coloco numa carroça e mando entregar na sua casa.

– E como faço pra ter água? – perguntou meu pai.

– Seu vizinho da frente, o Domingos, pode furar um poço pra você. Falo com ele.

Levamos a enxada, duas bisnagas, queijo, um saco de leite e três garrafas grandes de água mineral.

Começou pelo cômodo para onde dava a porta.

Atacou o mato com a enxada a manhã toda. De vez em quando parava, cuspia nas mãos e esfregava uma na outra.

– Era assim que meu pai fazia – ele disse, vendo minha cara de nojo. – Você conheceu seu avô, mas era muito pequeno. Não deve lembrar.

Eu tinha apenas uma imagem. A varanda larga, o velho de pijama sentado na cadeira de balanço vendo o sol se pôr.

— O velho mora num sítio e cisma de plantar tomate, ele mesmo, até hoje. Planta tomate por todo lado, mas na hora de vender se aborrece com o preço e eles apodrecem nas caixas. A gente comia o que podia, mas há um limite de tomates que um ser humano aguenta. Um dia vamos lá. Depois... Quando a fábrica de vidro estiver funcionando.

Um rapaz encostou a carroça em frente ao lote com o material encomendado ao Batista e espalhou as coisas ao redor da casa.

As tábuas para a porta e as janelas. Teriam de ser cortadas em muitos pedaços. Lá estavam o serrote, o embrulho com pregos, parafusos e dobradiças. O cadeado. A pilha de telhas. O alicate de cabo amarelo. A chave de fenda. Caibros. Ripas. Vigas.

No dia seguinte, muito cedo, o sol mal havia saído, acordamos com alguém batendo palmas. Domingos.

Era um negro baixo e forte, uns cinquenta anos, olhar amarelado e fundo.

— O Batista disse que o senhor queria furar um poço.

— Não me chama de senhor, não — meu pai pediu.

— Trouxe o material. E a nota. Depois você passa lá e paga.

— Tudo bem.

Estendidos ao lado da casa havia uma vara de cinco metros de cano de aço de uma polegada, um outro pedaço de cano de um metro com um filtro pontudo, que se chamava ponteira, duas conexões também de aço e uma bomba manual, verde.

— Onde vai ser? — ele perguntou.

– O quê?

– O poço.

– Bom...

– O terreno aqui é arenoso. Qualquer lugar dá água. Geralmente se fura ao lado da casa, perto da cozinha ou do banheiro.

– Ainda não tem cozinha. Nem banheiro.

– Mas vai ter um dia, moço. Se Deus quiser.

– Desculpe. É que de manhã a cabeça custa a funcionar. É ali atrás. Tem um pedaço de cano saindo da parede.

Com uma das conexões, Domingos uniu a ponteira à vara de cano e a espetou na areia, a um metro da casa. Depois foi até a rua e voltou com uma escada que havia deixado encostada na cerca. Apoiou-a na parede, ao lado do cano cravado no chão, e subiu.

– Me passe a marreta que eu trouxe. Tá encostada ali. Pegue a chave de grifo também.

Tirou um pedaço de madeira do bolso da bermuda, protegeu com ele a ponta de cima e martelou com vontade, enterrando mais de um metro de cano, como um prego gigante.

Desceu da escada, prendeu a chave de grifo em torno do cano e pediu a meu pai:

– Vá rodando assim, bem devagar.

Tornou a subir e a martelar lá no alto, aparafusando a vara na areia e descendo os degraus, até restar apenas um pedaço de cano para fora, da minha altura.

Com a segunda conexão, uniu essa ponta à bomba, sacudiu a alavanca para cima e para baixo, e a água jorrou.

– Corra no Batista e traga café já pronto, três canecas e duas bisnagas – meu pai me pediu.

A Rua dos Pedreiros ainda deserta. Apenas um menino, sentado sobre uma pilha de tijolos.

– Magrelo – ele disse.

Fingi que não ouvi, nem olhei para trás.

Batista colocou o café em uma garrafa de refrigerante.

Na volta o menino continuava lá.

– Você não ouviu o que eu disse?

– Ouvi.

– Te chamei de magrelo.

– Sou magro mesmo.

– Não gosto de gente nova na rua.

Devia ter uns quinze anos, três palmos mais alto do que eu, peito largo e braços grandes.

Levantou e me empurrou com a ponta dos dedos.

– Não faz isso não – pedi, quase chorando.

– Pra passar vai ter que pagar.

Minha mão tremia quando lhe dei as moedas do troco. Ele voltou a sentar.

– Se contar pra alguém, eu amasso essa sua cara de otário. Cai fora.

Meu pai e Domingos conversavam, acocorados ao lado da bomba-d'água.

– Esqueci do açúcar – e o velho passou-lhe uma das canecas. – Vamos ter que tomar sem.

Entrei em casa e chorei. Depois fiquei escutando Domingos contar sua história.

Era nordestino. Criado nas terras de um coronel. Passava fome. Um dia foi falar com ele. Queria dividir a produção meio a meio. O coronel riu. Domingos perdeu a cabeça. Disse umas verdades. Apontou o dedo na cara dele. Um jagunço passou o facão. Um golpe só. O dedo caiu no chão, espirrando sangue.

Espiei pelas frestas das tábuas encostadas na janela. Na mão que segurava a caneca faltava o indicador.

Logo depois ele se despediu.

– Tenho que ir. Tô fazendo um telhado pros lados da vila.

– Quanto lhe devo? – perguntou meu pai.

– De vizinho não se aceita dinheiro. O destino colocou a gente na mesma rua por algum motivo.

DOMINGOS DE
XOU A ESCA
DA PARA MEU
PAI CONSER
TAR O TELHA
DO. ENQUANTO
EU SUBIA COM
AS TELHAS,
ELE FICAVA LÁ
EM CIMA, RES
MUNGANDO.
ELAS SE ADAP
TARAM UMAS

TRÊS

Domingos deixou a escada para meu pai consertar o telhado. Enquanto eu subia com as telhas, ele ficava lá em cima, resmungando.

— Elas se adaptaram umas às outras, tá vendo? Onde uma alarga, a vizinha encolhe. Quando uma empena pra esquerda, a do lado empena pra direita. Se uma ponta estufa e levanta, a outra encolhe e abaixa.

As novas não se encaixavam!

Desalojou todas e não conseguiu nem fazer com que as antigas voltassem aos seus lugares.

O sol batia em cheio em sua cabeça. Um pouco antes de enlouquecer, resolveu não se preocupar com os encaixes.

— A chuva vai passar — eu disse.

— Eu sei. Eu sei.

Vimos o sol se pôr sentados em cima da casa.

– Pessoas são mais fáceis de se adaptar do que telhas – filosofou.

– Onde eu compro um fogão usado? – meu pai perguntou ao Batista.

– O Zé do Boné sempre sabe de algum.

– Esse eu conheço.

– Espere um pouco que ele não demora.

Chegou com a mesma roupa. Tomou uma cachaça e comprou uma bisnaga e um repolho. Quando meu pai perguntou sobre fogão, ele lembrou:

– A Vera. A velha que mora do lado do Domingos. Comprou um maior e tá vendendo o velho.

Fomos lá. No caminho, não sei como, acabaram conversando sobre cobras. Zé do Boné levantou uma perna da calça e mostrou cicatrizes de mordidas.

– E como é que o senhor fez pra não morrer? – perguntei.

– Depois que a maldita morde fica meio zonza, daí a gente mata, abre a bicha e come o coração dela. Aprendi com os índios. Fica a ferida, e é só botar uma papa de fumo de rolo com cachaça que ela seca.

– Com os índios?

– Morei com eles no Mato Grosso. Me obrigaram a casar com uma velha mais feia que briga de foice no escuro e fugi. O menino sabia que as cobras se vingam?

– É?

– Se a gente fere uma e a bandida consegue escapar, pode passar o resto da vida, mas acaba descobrindo onde a gente mora e fica rondando, estudando os hábitos, até dar o bote certeiro.

– Caramba!

– Bicho atentado. Faz coisas que o demônio não acredita. Uma vez uma infeliz me perseguiu num descampado pulando em pé, que nem uma mola. Tinha acabado de sair do inferno. Toda vermelha. Pulava por cima das cercas.

– E como o senhor escapou?

– Parei de repente, agarrei a desgraçada pelo pescoço e torci. Às vezes o homem tem que mostrar que é macho... Chegamos.

Uma casa pequena como a nossa, cercada de plantas espinhentas.

– Não reparem, não – ele avisou. – A Vera é um pouco doida. Vive sozinha. Só sai de casa uma vez por mês, pra pegar a aposentadoria no banco da vila.

Gritou e bateu palmas até que uma velha muito magra apareceu.

Vestia um camisolão encardido, os cabelos amarelados, compridos e soltos, a pele branca absurda, num lugar tão cheio de sol. Cinco gatos a seguiam.

Parou, os dedos cadavéricos apertados no cabo da vassoura.

– Que querem?

Zé do Boné explicou.

– Podem entrar.

A voz parecia sair do fundo de uma caverna.

As duas janelas fechadas, cobertas com cortinas escuras, não deixavam o fedor de xixi de gato sair.

Sempre que ela dava as costas, Zé do Boné abanava o nariz e girava o dedo perto da orelha.

Gatos por todo canto. Dormindo sobre o sofá imundo, nas cadeiras, em cima da pia, pelo chão, sobre o tapete úmido de urina.

O fogão velho estava junto à porta, azul, estreito, dois queimadores e um forno em bom estado.

Meu pai pagou e saímos rápido.

Encostamos o fogão num dos cantos da parte cimentada. Pouco depois chegou o ajudante de Batista, trazendo o botijão de gás:

– Meu nome é Angenor. Sou filho do Domingos. Podia ter uma conversa com o senhor?

– Não precisa chamar de senhor, não.

Tinha vinte anos, negro como Domingos, mais alto e forte.

– Meu pai não quer que eu fale. Tá conformado. Eu não. Tô revoltado. Muito. Vamos perder nossa casa.

– Perder como?

– Tem um homem na vila chamado Ângelo. Tem muito dinheiro. Tem capanga. Manda matar. Todo mundo sabe.

Manda na prefeitura, na polícia, na justiça. Tá dizendo que todo o lado direito da rua é dele. Herança de família.

– Mas os lotes de vocês não têm escritura definitiva, como o meu?

– Não. O governo há muito tempo vem falando em abrir uma estrada importante por aqui, mas, como a região é pantanosa, eles podiam precisar mudar o lugar, chegar ela mais pro lado, e deram pra gente apenas título de posse. Como o lote foi de graça, e sendo posse, a gente nem precisava pagar imposto, não reclamamos. Se a gente tivesse que sair, eles indenizavam.

– Mas título de posse é documento. Como esse tal Ângelo pode...?

– Os técnicos vieram aqui, mediram tudo e disseram que não vai ser preciso mexer com a gente, não. A estrada sai mesmo, mas vai passar por trás das casas.

– Então qual é o problema?

– Os lotes vão ficar na beira do asfalto. Vão valorizar muito. Carro, ônibus, turista, caminhão do comércio, tudo vai chegar na vila por aqui. O Ângelo soube que a gente só tem a posse e entrou na justiça dizendo que isso aqui é tudo dele. Quer dizer, o lado direito. Quer abrir posto de gasolina, motel, restaurante...

A veia no meio da testa do meu pai inchou.

– E o que vocês estão fazendo? Como estão reagindo?

– Um advogado da prefeitura tá defendendo a gente, de graça.

– Já aconteceu alguma coisa? Houve audiência?

– O advogado disse que vai ter uma, ainda não sabe quando.

Angenor começou a andar para trás.

– O senhor desculpe. Meu pai tem razão. O senhor não tem nada com isso. É que o pessoal da cidade sabe mais. A gente aqui mal assina o nome.

– Para com esse negócio de senhor. O que eu puder fazer pra ajudar, pode contar comigo. Diz pro teu pai que nós somos amigos.

– Ele é um sujeito orgulhoso.

– Faz bem.

Depois que Angenor foi embora, o velho ficou resmungando:

– Em todo lugar é isso. E já sei que não adianta nada. Nunca adianta. Jurei que não ia mais me deixar enrolar na vida das outras pessoas. Ninguém vai me perturbar. Nunca mais. Não vou deixar. Não vou mesmo. Quero que todos se danem. Vou cuidar da minha vida. Vim aqui pra isso. Que se danem.

Antes de voltar a capinar o outro cômodo, me mandou ao Batista com uma lista: panela grande, sal, lata de molho de tomate, dois pratos, abridor de lata e garrafa, talheres e um pacote de macarrão.

– Vamos inaugurar o fogão.

Fui até a rua. O menino estava soltando pipa.

Voltei, atravessei o lote, entre o capim, até os fundos. Passei por baixo da cerca e continuei avançando pelo mato, para a esquerda, tentando chegar ao Batista por ali.

Acabei encontrando uma trilha, um palmo de areia branca serpenteando entre as moitas, na direção certa. Saí bem ao lado do armazém, fiz as compras e voltei por ela.

Mais do que uma macarronada. Um ritual. Tínhamos uma casa, uma cozinha. Meu pai mexia o macarrão na panela cheio de determinação.

Eu gostava dele. Muito.

O chão da casa todo capinado. Uma boa parte em volta também. Compramos mantimentos, panelas, frigideira, bule, copos, toalhas, sabão, detergente.

– Agora preciso cortar essas tábuas. Vai ser um trabalho duro – ele disse.

Eram grossas, cheias de nós, duros como pedras.

Eu ajudava segurando a ponta, tentando arrastar, descobrindo onde ele enfiara o serrote, trazendo água para beber, enchendo o balde de água para jogar na cabeça dele.

No final da tarde estava tudo cortado para a primeira janela. Pregou os batentes na parede, depois as dobradiças e as tábuas. Colocou a tranca por dentro e pronto.

No dia seguinte repetiu todo o trabalho, dessa vez um pouco mais rápido, e a segunda janela ficou pronta.

No outro dia foi a vez da porta.

Por fim ficou dando voltas pela casa, planejando:

– É preciso rebocar as paredes, por dentro e por fora. Depois pintar. Cimentar todo o chão. Isso em primeiro lugar. Essa areia preta lá dentro dá nos nervos! Colocar uma caixa-d'água, pra gente não ter de ficar bombeando toda hora... Aí sim, um chuveiro, já pensou? Um chuveiro? E pia! Uma pia! Sem falar na privada, porque se continuarmos como estamos os vizinhos nos expulsam. Capinar tudo em volta. Acabar com essa mosquitada, plantar alguma coisa. Fazer cama, mesa e cadeiras, que tal? E depois, não conte pra ninguém... é o nosso segredo. A fábrica de vidro! Um grande galpão, ocupando todo o fundo do lote...

Parou de falar. Me deu um cascudo na cabeça.

– Tudo isso fica pra depois. Amanhã vamos à praia!

TRINTA E DOIS QUILOMETROS DE AREIA BRANCA E FINA, UM MAR SELVAGEM, COM ONDAS IMENSAS E ESPUMANTES QUE ME FAZIAM TREMER AO QUEBRAREM. A ESQUERDA

QUATRO

Trinta e dois quilômetros de areia branca e fina. Um mar selvagem, com ondas imensas e espumantes que me faziam tremer ao quebrarem.

À esquerda, a vila. À direita, a Pedra Negra. Envoltas em névoas de maresia.

Na volta meu pai parou no Batista e comprou uma fossa. Um tubo de cimento armado de um metro de diâmetro por dois de altura. Comprou também pá, privada e tubulações.

Decidiu dividir a parte cimentada em duas, uma para o fogão, outra para o banheiro.

Marcou o lugar onde enterrar a fossa, dez metros afastada da casa, nos fundos do lote. Capinou a área e começou a fazer o buraco com a pá. Imaginou ser fácil cavar na areia. Com meio metro, vieram os problemas. As bordas desmoronavam, tapando o buraco.

Resolveu alargá-lo, uns quatro metros de diâmetro, para compensar os deslizamentos e conseguir chegar aos dois metros e meio de profundidade, cavando no centro. Não adiantou. As paredes cediam, arrastando areia para dentro.

Parou de pensar e só cavou.

Enfiava a pá e lançava a areia sobre a cabeça, longe, para todos os lados, atacando o centro e as bordas, enlouquecido.

Quando atingiu a profundidade de um metro e meio, e o diâmetro já chegava a sete metros, veio o pior. A água minou entre seus pés.

– Não se pode cavar água – concluiu.

Falei que não me importava em continuar fazendo cocô no mato. Ele deu um sorriso triste.

Ficou olhando do buraco para a casa, da casa para o buraco. Depois abraçou a fossa e começou a arrastá-la.

– Jogo ela lá dentro! – decidiu. – O próprio peso vai fazer com que afunde!

Fez isso. Ela não afundou. Ficou lá, meio metro para fora.

As bordas de areia do buraco cederam e prenderam a fossa ali, para sempre.

– O Batista falou que ela precisa ficar meio metro embaixo da terra – lembrei.

– O importante é que a privada fique mais alta.

Fez uma montanha de entulho com cimento dentro do banheiro, com um metro de altura, e instalou a privada no alto. Como um trono. Lá de cima a gente podia ver se a água do macarrão já estava fervendo.

A tubulação atravessou a parede e foi pelo ar até a fossa, que ele cobriu com areia.

Um estranho caroço no fundo do lote. Literalmente um monte de merda.

Colocou uma caixa-d'água de duzentos e cinquenta litros, a quatro metros de altura, sobre a bomba, suspensa por quatro colunas de tijolos.

Achou que era só ir colocando um tijolo em cima do outro, com cimento no meio.

Ficaram completamente tortas, desafiando a lei da gravidade. As pessoas apontavam da rua e riam. Vinha gente de longe só para ver.

Da caixa fez partir os canos: para a descarga da privada; para a torneira da pia, que colocou num canto da sala; e para o chuveiro, do lado de fora.

Cercou o banheiro com meia-parede torta de tijolos e uma cortina de plástico.

Pela manhã, todos os dias, depois de um café reforçado, misturava seis baldes de areia com dois de cimento e água e fazia uma massa forte. Trabalhou duro. Em duas semanas, cimentou todo o piso da casa.

Tentou dar um caimento, para a água não empoçar. Não conseguiu. Ficou cheio de altos e baixos. Era como andar num navio.

Os siris pararam de aparecer no meio da sala, com aqueles olhos fora do corpo.

Continuou com o hábito de virar massa pela manhã e foi rebocando as paredes, primeiro pelo lado de dentro, depois por fora, escondendo os tijolos, expulsando os camaleões. Por fim pintamos de branco.

Passávamos as tardes na praia. Na volta trazíamos pedaços de madeira encontrados na areia e, com eles, meu pai fez uma mesa e duas cadeiras num estilo paleolítico.

À noite ele lia livros e eu, revistas em quadrinhos.

Pelo menos uma vez por dia ele me mandava pegar alguma coisa no Batista. Meu caminho pelos fundos do lote a essa altura já era uma trilha estabelecida.

Até que ouvi uma voz saindo de dentro do mato:

– Bancando o esperto, hein?

Levei um chute na bunda e caí de joelhos.

– Não faz isso – choraminguei.

O menino deu a volta, rindo, e empurrou minha testa para trás. Caí de costas. Colocou o joelho direito em cima do meu estômago. Comecei a sufocar.

– Se gritar vai ser pior.

– Para...

– Por isso eu não te via mais passar. Que coisa feia! Fugindo de mim.

– Não...

– Olha aqui, babaca... Vai passar pela rua como todo mundo, entendeu?

– Tá.

– E vai me dar dinheiro.

– Tá.

Aí ele abriu a bolsa de plástico que eu trazia e encontrou a meia dúzia de ovos. Quebrou dois na minha testa. Foi embora rindo.

Fiquei sentado no chão, chorando.

Me senti sozinho naquele lugar estranho. Pensei na minha mãe. Isso piorou as coisas. Nada era capaz de tapar aquele buraco. Frouxo. Magrela. Babaca. Contar para o velho só ia acrescentar "filhinho de papai" à lista. Precisava sair daquela situação sem a ajuda dele.

Mas eu tinha dez anos e o sujeito, quinze.

Foi aí que fiz as contas: contra um de quinze, só um de vinte.

Voltei ao Batista e falei com Angenor.

– É o Pedrão – ele disse. – Deixa comigo.

O problema acabou.

Meu pai atravessou a parede do quarto de lado a lado com uma viga grossa, assentou as tábuas por cima e fez um jirau.

Colocou esteiras lá em cima, cercou tudo com filó e passamos a dormir com conforto.

Embaixo ficaram a mesa, as cadeiras e uma estante para livros, jornais e revistas.

No começo, achei que não ia dar pra viver sem tevê. Depois me acostumei. Ouvíamos notícias e alguma música num rádio à pilha, mas preferíamos o barulho dos sapos no pântano e os pios de aves desconhecidas cortando a noite. Antes de dormir, eu me sentava no batente da janela, olhando as estrelas.

A região enfrentava uma grande seca. Nuvens escuras, vindas do interior, dispersavam-se ao chegar à praia. Os vizinhos comentavam a estiagem prolongada, alguns satisfeitos porque o sol atraía os turistas, outros reclamando de prejuízos à lavoura. Não ligávamos. Eu e o velho estávamos afastados do mundo das pessoas.

Ficamos bronzeados. Os cabelos foram crescendo e alourando. Meu pai deixou de raspar a barba.

Fez uma varanda de frente para a rua e comprou uma rede.

Foi um dia quente, abafado, e quando a tarde caiu os mosquitos nos atacaram, nervosos.

Trovoadas nos acordaram no meio da noite. Fomos ver da janela. Relâmpagos, para os lados do mar. O vento forte vinha em direção à terra.

As telhas do canto esquerdo tremiam. O vento passava entre as frestas, assoviando. Duas voaram para longe. Em seguida, outras. A chuva desabou.

Pingos pesados abriam buracos na areia. Raios, vento e trovões que faziam a casa tremer.

Um raio caiu bem nos fundos do lote, junto da fossa.

A ventania arrombou as janelas. Tentamos proteger as coisas com pedaços de plástico.

Os raios se afastaram, para o lado da lagoa, na direção das montanhas.

No dia seguinte aproveitamos as poças de água para lavar o chão da casa. Varremos o terreno em volta e queimamos o lixo.

Depois meu pai foi ao Batista comprar novas telhas. Voltou coberto de confetes.

Era Carnaval.

DO LADO DI
REITO DO NOS
SO LOTE NÃO
HAVIA MAIS
CONSTRUÇÕES
APENAS MATO
CRESCENDO N
PÂNTANO...
DAQUELA ÁGU
PARADA E
MORNADA
PELO SOL, NAS

CINCO

Do lado direito do nosso lote não havia mais construções, apenas mato crescendo no pântano.

Daquela água parada e amornada pelo sol, nasciam moscas coloridas que entravam em casa e não conseguiam sair, grilos gigantes, lesmas gosmentas, mariposas pretas que passavam dias pousadas nos caibros do telhado, caranguejos escuros, escorpiões, lacraias e cobras.

As chuvas de começo de outono abriram o período de reprodução. Uma mocidade inexperiente saía para conhecer o mundo e acabava morrendo afogada na privada, esmagada embaixo de um sapato ou queimada na chama de uma vela.

Os mosquitos ficaram insuportáveis. Queimar mato verde e bosta de vaca dentro de casa não resolvia.

– Vou capinar o terreno todo – meu pai decidiu.

Trabalho difícil. Eu ajudava, arrastando e botando fogo no mato já queimado.

Fui o primeiro a notar. Atrás da casa da vizinha havia um tanque de lavar roupa. Atrás do tanque, uma cabeça, de cabelo raspado, nos olhava.

Meu pai a cumprimentou e reclamou do calor. A cabeça não respondeu.

Continuamos a trabalhar, e a olhar com o canto dos olhos. Aos poucos a criatura se aproximou e parou junto à cerca. Um pouco mais baixo que meu pai, gordo, usava uma bermuda muito larga. Os braços pendiam ao lado do corpo. Os mosquitos o picavam, formigas subiam em suas pernas, e ele não fazia nada.

A vizinha apareceu. Uma velha, vestida de azul, com um lenço rosa amarrado na cabeça.

— Desculpe. Esqueci a porta aberta. É meu sobrinho. Tem problema de cabeça.

— Não incomoda. Pode deixar — meu pai falou.

— É um bom rapaz. Vivia solto por aí até que machucou um garoto que maltratava ele. Agora o pessoal da rua não quer mais que saia de casa.

— Não incomoda mesmo — repetiu o velho.

Ela se chamava Eulália. O sobrinho, José.

— O senhor não se preocupe. Ele não passa da cerca.

— Não precisa chamar de senhor. Tudo bem. Deixe ele à vontade.

– Tá limpando o terreno pra plantar?

– Não. Pra afastar os mosquitos.

– Pois plante aipim. Cresce rápido, não precisa cuidar, e a sombra não deixa o mato crescer de novo. Vou lhe arranjar umas mudas.

Nos acostumamos com José parado, nos olhando.

No final do dia eu levava biscoitos de chocolate. Ele pegava, cheirava, sorria e se mijava.

Zé do Boné apareceu com uma bicicleta e convenceu meu pai a comprar.

Saíamos de casa cedo, para longos passeios.

Eu não estudava. Cheguei ao Boqueirão depois do encerramento das matrículas. Perdi o ano. Meu pai não se preocupou. Disse que eu estava adiantado.

Uma tarde voltou da vila carregando um embrulho quadrado no bagageiro. Uma máquina de escrever portátil, verde.

– Vou escrever poesias – avisou.

No dia seguinte começou um novo hábito. Pulava da cama, levava a máquina para a rede e escrevia.

Jovi lhe deu uma tarrafa de presente.

Logo aprendeu a prever o trajeto dos cardumes olhando os riscos nas águas espelhadas da lagoa.

Com o trabalho de reforma da casa pronto, nossa vida era passear de bicicleta, ir à praia, tomar água de coco, cochilar na rede e pescar na lagoa. Mas o velho começou a ficar preocupado.

– O dinheiro tá acabando. É hora de pensar na fábrica de vidro.

José criou por nós uma amizade muda.

Meu pai convenceu Eulália a deixá-lo do lado de fora e com o tempo ele foi aprendendo algumas coisas.

Tínhamos o hábito de sair para mijar no terreno. De tanto nos ver fazer isso, um dia, quando fui na cerca lhe passar os biscoitos, antes de se mijar ele puxou a bermuda para baixo. Molhou-se todo, mas era um avanço.

Passamos a fazer xixi didaticamente, até José aprender a abaixar a bermuda, segurar e balançar o pinto.

Eulália trabalhava fora e não acompanhava os progressos do sobrinho. Quando o viu mijando como uma pessoa normal, ficou tão agradecida que começou a nos presentear com mudas de bananeira, abacaxi, guandu, goiaba, batata-doce, melancia...

José teve então novas oportunidades para aprender. Não o forçávamos. Um dia, depois de muito nos ver cavar o chão, saiu de casa com uma enxada e nos imitou.

Tinha uma força descomunal. Abria o buraco com um só golpe. Aprendeu a colocar a muda e cobrir com terra.

Num sábado meu pai chamou Eulália e pediu que desse a José uma rama de aipim.

Ele cavou, plantou, cobriu e terminou o serviço batendo palmas, contente, e quando estava quase se mijando abaixou a bermuda e sacudiu as partes. Um espetáculo completo. Ganhou um pacote inteiro de biscoitos.

Na esperança de provar a todos que o sobrinho não era um monstro, a mulher espalhou por toda a rua que José mudara, e que meu pai era um santo e fazia milagres.

– Você tem uma máquina de escrever, não tem? – Batista perguntou a meu pai, entregando o pão e o leite.

– Tenho.

– Desculpe, mas trabalha na rede... Todo mundo vê.

– É.

– Não é uma coisa comum por aqui. Uma máquina de escrever. Posso pedir um favor? Em nome de toda a rua?

– Pode.

– A companhia de luz diz que traz os postes e estende os fios até aqui, mas é preciso que se faça um pedido oficial, acompanhado de um abaixo-assinado com o nome de todos os moradores. A gente já tentou escrever, mas não saiu nada que preste.

– Sem problema.

Na manhã seguinte, quando foi comprar o pão e o leite, meu pai entregou a ele o abaixo-assinado.

Fez o melhor que pôde. O texto sem rasuras, as palavras difíceis, o papel impecável, com uma capa azul, margens, maiúsculas, e juntou mais cinco páginas em branco para as assinaturas.

Batista elogiou e agradeceu muito. Pediu a meu pai que voltasse às oito da noite, quando faria uma reunião para a leitura. O velho acabou concordando.

– Tudo bem, não custa ajudar. Mas não vou deixar que me encham o saco – resmungou ao chegar em casa. – Não, eles não vão me arrastar. Quero que se danem. Vou é tratar da minha vida. Fazer vidro.

E afinal pegou a pasta amarela na estante. As instruções.

Estavam todos lá, até as crianças, e esperavam por meu pai.

Batista pediu silêncio e disse que o velho ia ler o tal abaixo-assinado que traria a eletricidade para a nossa rua.

Deram-lhe tapinhas nas costas e chamaram de senhor. Teve de ler.

Quando terminou, bateram palmas.

Mais tapinhas nas costas, cumprimentos, uma velha agradeceu chorando. Alguém lembrou do que ele havia feito pelo José. Voltamos para casa.

– Isso foi longe demais. Vamos ver se agora me deixam em paz! Não faço mais nada.

Os papéis da pasta amarela estavam espalhados sobre a mesa. Acendeu o lampião e continuou a estudar.

O processo parecia simples. A matéria-prima básica era a areia. As ferramentas: cadinho, maçarico e um tubo fino de ferro.

Começaria com o equipamento básico, fazendo os testes até conseguir produzir o vidro. Depois investiria no galpão e na contratação de pessoal. Daí partiria para conquistar os compradores.

O tempo esfriava, o céu quase sempre nublado, a chuva fina durava semanas. A umidade empapava as telhas. A água pingava.

Comprou um grande plástico preto e cobriu parte do telhado, sobre a cama.

Trouxe o material da vila. O cadinho era grande e vinha apoiado num tripé de ferro. O maçarico foi o mais potente que encontrou, e para ele comprou um botijão de gás pequeno. E mais o tubo de ferro, fino, de um metro e meio.

Dos dois componentes químicos a serem misturados à areia, o óxido de sódio foi o mais difícil de encontrar. O outro, óxido de cálcio, mais conhecido como cal, comprou no Batista mesmo.

Passava das dez da noite, eu já estava quase dormindo, bateram palmas da rua:

– Ô vizinho!

– Vai entrando! – o velho gritou da janela.

Reconheci assim que o vulto enorme apareceu na porta. O pai do Pedrão.

– Com licença.

– Fique à vontade.

– Não vou incomodar. Vim só me desculpar.

– Pelo quê?

– Meu filho andou dando uns sustos no seu. Angenor me contou.

Eu também acabara contando para o meu pai.

– Esquece – ele disse. – Coisa de criança.

– Ele não podia fazer isso.

– Deixa pra lá.

– O senhor é gente boa. O abaixo-assinado, o filho da Eulália...

– Nada demais. Não me chama de senhor.

– Trouxe essa garrafa de conhaque.

– Não precisava. Mesmo.

– Aceite.

– Então sente aí e vamos tomar um copo. Espero que a cadeira aguente. Fui eu que fiz.

– A casa ficou boa.

– Já dá pra ir vivendo.

Meu pai colocou a garrafa sobre os papéis na mesa. O homem se chamava Eduardo. Um mulato muito forte, de bermuda e camiseta. Eu ouvia a conversa de cima do jirau.

– Isso não vai mais acontecer – o homem disse.

– O quê?

– O Pedrão. Dei uma surra nele, de vara.

A veia da testa do meu pai saltou. Ele falou:

– Não gostei.

– Do quê?

– Não se deve bater num filho.

Eduardo não estava acostumado a ser contrariado.

– Eu sei educar.

– Pancada não educa ninguém.

– O filho é meu, faço o que acho certo.

– É claro que o filho é seu, mas isso não lhe dá o direito de bater nele.

– Meta-se com a sua vida! – o outro gritou, e deu um murro na mesa.

O velho colocou a mão direita dentro do bolso e falou:

– Quando você me chamou lá da rua, eu não sabia quem era. Por precaução, coloquei o revólver aqui na calça. Fique parado aí até eu acabar de falar!

– Tá pensando que...

– Um homem não chega na casa do outro à noite e dá um soco na mesa. Um homem não bate no próprio filho até lhe quebrar os dentes. O que eu posso fazer? Dar um tiro na tua testa pra ver se entra alguma luz nessa cabeça estúpida?

Ficou um silêncio pesado. Meu pai tirou a mão do bolso e falou:

– Me peça desculpas. Não vai doer tanto assim.

– Desculpa.

– Tudo bem.

Eduardo riu:

– Caramba! Isso nunca me aconteceu antes.

– O quê?

– Normalmente eu quebraria a tua cara. Mas não quero fazer isso. Consegui me controlar.

– Não mata ninguém.

– Sério. Errei mesmo. Essa história de gritar na casa dos outros não tá certo.

– Já esqueci.

– Não foi por causa da arma não. Não tenho medo de revólver.

– Ainda bem... porque eu não tenho revólver nenhum.

Caíram na gargalhada.

Eduardo contou a sua vida. Todo mundo acabava se abrindo com o velho. Ele escutava as pessoas.

Serviu ao exército, na Amazônia, depois foi para a cidade grande, casou...

– Vou contar uma coisa que nunca falei antes. Pra ninguém.

– Pode falar.

– Matei minha primeira mulher. Ciúmes. Segui ela uma tarde. Entrou num motel com um sujeito. Invadi o lugar. Botei a porta abaixo com um chute. Aprendi caratê no exército e depois nas academias... sou faixa preta. Dei um golpe só, na garganta. Daí fugi. Mudei de vida. Vim me esconder aqui. Ninguém sabe dessa história.

O vidro forma-se da mistura de silício, a areia, com a cal e o óxido de sódio. Para uma parte de areia, acrescenta-se dez por cento de cal e quinze por cento de óxido de sódio – o velho lia e repetia.

Transformou um canto do quarto em laboratório. Colocou as partes no cadinho e esquentou o fundo com o maçarico. Precisava atingir a temperatura de oitocentos e cinquenta graus centígrados. O ponto de fusão.

Teoricamente os ingredientes derreteriam. Esperava-se um pouco. Pelo resfriamento natural, o caldo ficaria pegajoso e elástico. Enfiava-se então a ponta do tubo de ferro, pegava-se com ela uma bolinha daquilo e soprava-se pela outra ponta.

Cresceria uma bola, como de chiclete, e dava-se a ela a forma desejada com o auxílio de uma pinça.

Nada deu certo.

Como as chuvas não paravam, só conseguiu uma areia encharcada e suja.

Não tinha como medir a temperatura.

Na primeira tentativa esquentou o cadinho por mais de meia hora e grudou tudo no fundo. Talvez não pudesse atingir o ponto de fusão com aquele maçarico.

Por três dias derreteu areia e nada.

Só parava quando o gás acabava, então comprava mais um botijão e voltava a atacar. Nada.

– Melhor parar por uns dias – concluiu. – Estou com vontade de quebrar tudo. Não é um bom estado de espírito pra quem pretende fazer vidro.

Aos poucos fui sendo chamado para jogar futebol, bola de gude, soltar pipa... Até Pedrão ficou meu amigo. Disse que o pai dele vivia falando do meu.

Eu ficava na rua até a noite cair. Fazia fogueira. Zé do Boné contava histórias de cobras e índios.

Eu e o velho íamos cada vez mais longe nas pescarias com a tarrafa, pedalando pelas trilhas às margens da lagoa.

Sábado à noite. Primeiro ouvimos os gritos da mulher. Depois Angenor chegou correndo, mancando:

– Vá chamar seu pai! – ele gritou para mim. – Depressa!

Respirava com dificuldade.

O velho apareceu na varanda:

– O que foi?

– É o Eduardo. Tá matando a mulher!

– O quê?!

– Chegou do Batista bêbado e começou a bater nela. Fui tentar apartar e ele me deu um chute na perna e um soco no peito...

O velho foi até lá. Fui atrás.

Eduardo arrastava a mulher pelos cabelos. Estava bem machucada e esperneava enquanto ele gritava que ia matá-la ali, bem no meio da rua.

Ninguém tinha coragem de se meter. Deu um soco na cabeça da mulher e ela desmaiou. Quando ia dar o segundo, meu pai gritou:

– Para com isso!

Gritou e avançou. Parou na frente de Eduardo e repetiu:

– Para com isso!

O homem largou os cabelos da mulher, fechou o punho e levantou o braço direito. Meu pai não recuou, e disse:

– Você não vai fazer isso... DE NOVO!

O braço ficou parado no ar. Depois tombou para junto do corpo.

As pessoas se aproximaram. Apareceu um carro para levar a mulher ao hospital.

– Vá com ela, Eduardo – mandou o velho. – Trate pra que fique tudo bem.

Na volta para casa, uma velhinha beijou-lhe a mão.

HAVIA LEO
NOR. DEZ
ANOS, MULATA
LABIOS GROS
SOS E OLHOS
REDONDOS.
JOGAVA BOLA,
NADAVA NA LA
GOA. CORRIA
ATRÁS DAS PI
AS. QUANDO
SUBIA NUMA
ARVORE NÃO

SEIS

E havia Leonor.

Dez anos, mulata, lábios grossos e olhos redondos.

Jogava bola, nadava na lagoa, corria atrás das pipas. Quando subia numa árvore não se preocupava em esconder a calcinha. Sonhava com ela noites seguidas.

Na lagoa eu mergulhava para beliscar suas pernas. Ela ria.

Àquela altura meu pai era o homem que curava doentes mentais, trazia a luz, impedia que os maridos matassem as esposas e vivia trancado em seu laboratório manipulando substâncias químicas misteriosas. E quanto mais recluso insistia em viver, mais mistério criava em torno, mais atenção chamava.

Naquela manhã, depois de bater à máquina as poesias feitas durante a noite, preparou-se para mais uma tentativa de derreter areia. Misturou os ingredientes, mas, assim que acendeu o maçarico, ouviu baterem palmas no portão.

Soltou um palavrão cabeludo e resmungou:

— Diabo de pessoas que não me deixam em paz.

Era Angenor, aflito:

— Ouvi dizer que o processo vai ser julgado, e o advogado da gente não disse nada.

— Vocês têm que conversar com ele.

— O desgraçado começa a falar difícil, a gente não entende nada e acaba só concordando.

— Tudo bem. Eu vou com vocês amanhã.

— Desculpe, mas não dá pra ser hoje não? É que amanhã meu pai não pode. Vai começar um telhado.

— Hoje?

— Olha... Se pudesse ser agora, ia ser bom. Ainda dá pra pegar o ônibus das nove. É que a gente tem que voltar pro serviço de tarde.

— Tá. Tá certo.

O defensor público era um rapaz recém-formado, nem escritório tinha. Morava na casa da mãe, viúva. Foi ela que nos recebeu.

Quando viu Domingos e Angenor, disse que o filho estava muito ocupado, que não podia atender, que marcassem hora para um outro dia.

– Não, minha senhora – cortou meu pai. – Tem de ser hoje. E agora. A audiência já foi marcada e temos de combinar a estratégia de defesa.

A mulher ficou assustada. Meu pai vestira sua melhor roupa.

– E quem é o senhor?

– O novo morador da Rua dos Pedreiros. Vamos, vá avisar seu filho. Nós temos de trabalhar.

Ela deixou a porta encostada.

– Não é melhor voltar outra hora? – falou Domingos.

– Não.

– Acho que não se pode tratar assim o doutor.

– Quem paga o salário dele é o Estado – explicou o velho. – E quem paga o Estado somos nós. Ele é nosso empregado.

A mulher voltou:

– Façam o favor de entrar.

Ele estava na sala, com cara de sono. A tevê ligada num desenho animado.

– Dá pra desligar isso? – pediu meu pai, e entrou no assunto. – Então o senhor, nosso advogado, só nos avisa da audiência em cima da hora...

– Não exagere – ele se defendeu. – Faltam ainda algumas semanas.

– Nem avisou – cortou Angenor. – Fui eu que fiquei sabendo.

– Eu ia...

– Passei no fórum e fiz perguntas. Nossa situação piorou – continuou meu pai. – Ângelo juntou mais pareceres a seu favor, anexou provas, arrolou novas testemunhas. O que o senhor fez? Pode nos dizer? Pode?

– Isso compete a mim. Veja bem...

– Não estou vendo nada. Sua defesa baseia-se apenas em afirmar o direito de posse dos moradores.

– Eles estão garantidos. Têm os títulos.

– Ora, mas é justamente isso que Ângelo está contestando! E se ele conseguir? Se der um jeito de anular esses títulos? O que o senhor fará?

– Será apenas uma audiência. Não é o julgamento. Vamos ver o que eles vão apresentar e aí reagimos.

– Acho bom.

Fomos embora.

Na volta, Domingos nos convidou para jantar na casa dele no dia seguinte.

Só tivemos que atravessar a rua.

Um vira-lata magro e encardido veio me lamber os pés e carimbou de barro minhas calças.

Aipins, guandus e batatas-doces cresciam entre restos de material de construção.

Da casa saíam dois puxados, um de lado, outro nos fundos. Junto à cerca da direita, o galinheiro.

A mesa já estava no centro da sala, com uma toalha vermelha surrada, pratos e talheres.

– O senhor não repara que é casa de pobre – disse Domingos.

– Se me chamar de senhor de novo, vou embora.

– Vou lá pra cozinha terminar o peixe. Fique à vontade. Tá na sua casa.

Ouvimos choro de duas crianças.

– As meninas tão agitadas hoje – explicou Angenor, entrando no quarto dos fundos.

Domingos tinha duas filhas pequenas.

– Posso ver? – perguntou meu pai.

– Traga o lampião.

Entramos no quarto em silêncio. Estavam num colchão no chão.

– Quantos anos?

– Três – disse Angenor. – São gêmeas.

– Lindas.

– Parecem com a minha mãe.

– Morreu no parto. Eu sei. Domingos me contou.

– Não tem sido fácil pro pai.

– Imagino. Mas ele é um sujeito forte.

– É.

– Quem cuida delas quando vocês vão trabalhar?

– A Márcia, filha da dona Vânia, lá do começo da rua. Mas tem época que a gente não pode pagar, e aí...

Pensei na minha mãe e fiquei confuso. A vontade de lembrar. A necessidade de esquecer. O vazio que só fazia crescer. As meninas choravam. Choravam por mim também.

– Quando ficam assim é sinal que vem chuva – disse Domingos, parado na porta. – A comida tá na mesa.

Postas largas mergulhadas num pirão grosso, apimentado.

O vento, cada vez mais forte, trazia a maresia.

– Tenho muita honra de receber vocês na minha casa – disse Domingos.

– Vai acabar fazendo discurso – cortou o velho.

– Verdade. Tá nos ajudando.

– Tava devendo. Lembra do poço?

– Não se compara.

– Se não fosse você, a gente ia engolir tudo calado – Angenor falou. – O pessoal por aqui parece que tá se borrando de medo do tal Ângelo. Eu por mim resolvia a coisa de outra forma. Juntava uma turma, ia lá e acabava com a raça daquele infeliz.

Domingos o olhou com tristeza.

– As coisas não se resolvem assim, filho.

– Não venha com esse papo. Pelo senhor a gente nem tinha chamado o moço aí.

– Não gosto de envolver as pessoas nos meus problemas.

– De que vai adiantar todo esse orgulho se a gente perder a casa, o terreno, tudo? E será que é orgulho mesmo? Será que não é medo?

Domingos colocou a mão aberta sobre a mesa. A mão em que faltava o dedo.

Acho que foi naquele momento que tomou a decisão de fazer o que fez, no final de tudo.

Depois, uma violenta rajada de vento arrancou toda uma fileira de telhas.

A janela lateral escancarou-se. Angenor pulou para trancá-la. A toalha da mesa subiu. Dois copos se espatifaram no chão.

Um estalo do lado de fora e em seguida uma pancada forte na parede da frente. A cobertura de alumínio do galinheiro voou. O barulho acordou as meninas. Domingos foi vê-las. Meu pai saiu com Angenor. Olhei pela janela. Nuvens de areia, galhos, folhas, redemoinhos.

O vento balançava as paredes.

As duas meninas choravam alto. Domingos apareceu na sala, uma em cada braço. Uma telha passou voando sobre sua cabeça.

A chuva chegou em pingos grossos.

Saímos para ver os estragos. Três telhados destruídos, um começo de incêndio, a amendoeira tombada no meio da rua, duas paredes desabadas. Ninguém ferido.

Voltamos para casa.

O plástico do telhado havia desaparecido. Metade da varanda sem as telhas. Dois pés de aipim arrancados, de cabeça para baixo.

As trancas das janelas não resistiram. O vento passou por dentro de casa. Folhas soltas de papel se espalharam por todo o terreno, e uma semana depois ainda apareciam vizinhos trazendo poemas do velho encontrados no mato.

Panelas no chão. Pratos e copos quebrados, cadeiras de pernas para o ar.

O filó, arrancado de cima da cama, passou pela janela e terminou cobrindo uma bananeira ainda pequena. Parecia uma noiva.

Dias depois do vendaval, cheguei com o pão, o leite e um recado do Batista: à noite haveria uma reunião para discutir o problema dos moradores do lado direito. Queriam que o meu pai fosse.

— Ah, não, essa noite não. De jeito nenhum. Vou fazer vidro. Chega. Droga, eu não moro do lado direito.

Aí eu disse uma coisa, sem querer, que mudou tudo:

— O Batista também não.

Fui com Leonor atirar pedras na lagoa. Acabamos sentados num tronco caído, muito perto um do outro, com os pés dentro da água.

Fechei os olhos, virei o rosto e apertei minha boca na dela.

Leonor deu um pulo e saiu correndo.

Um dia meu pai me trouxe da vila um relógio à prova d'água, digital. Ele tinha o dele, muito antigo, com ponteiros.

Perguntei por que antigamente faziam relógios com ponteiros e ele respondeu:

– Antes as pessoas achavam que o tempo era contínuo. Agora pensam que ele dá saltos.

Algumas frases do velho eu só entendia anos depois.

A rua inteira estava lá.

Todos se calaram quando ele chegou.

Leonor num canto, entre as vassouras, de mãos dadas com a mãe. Sorrimos.

Batista pediu silêncio:

– Tamos aqui essa noite porque, acho que todo mundo já sabe, tão querendo armar uma jogada suja contra o pessoal do lado direito da rua. O caso é sério. Eu sei que todos vocês, como eu, consideram os vizinhos como se fossem da família. E eu não vou ficar quieto e deixar que façam uma sacanagem dessas com os meus amigos. O caso tá na justiça, e parece que vai haver uma audiência daqui a uma semana. O Domingos falou com o advogado e pode explicar melhor.

– O advogado veio com aquelas palavras complicadas que não dá pra entender nem metade – Domingos apontou para o meu pai. – Mas dessa vez o nosso amigo aqui foi junto e deu uma dura danada nele. Foi bom de ver. Eu ia pedir: será que o senhor não podia explicar aqui pro povo o que tá acontecendo?

O velho falou:

– O caso é o seguinte: o advogado de vocês é um novato e não tá se esforçando muito não. Não quero assustar, mas pra falar a verdade, ele não tá fazendo nada. O que vai acontecer é uma audiência. O juiz ouvirá as duas partes: os representantes aqui da rua e o tal Ângelo e seu advogado. Não é o julgamento. Podem ficar descansados. Nessa audiência vamos ficar sabendo que provas Ângelo tem e depois podemos nos preparar para o julgamento. Agora, é importante que vocês escolham os representantes da rua. Umas três pessoas.

– O Domingos é um deles – gritou alguém. – Ele é o morador mais antigo do lado direito.

– Quero meu filho do meu lado – disse Domingos.

– Se o amigo não se importa – Batista olhou para o meu pai – podiam ser vocês três mesmo.

Eu tinha certeza de que o velho ia recusar. Vivia resmungando pelos cantos que as pessoas não o deixavam em paz.

– Com muito prazer – foi o que ele disse. – Vamos mostrar pra esses safados que estamos unidos e que não vão tirar ninguém daqui!

Falou alto, com o punho fechado, e continuou:

– Deixem a parte de falar difícil comigo. Sei como lidar com eles. Estamos juntos nessa – e concluiu, olhando para Domingos: – O destino nos colocou morando na mesma rua por algum motivo.

Aplausos, gritos, assovios.

Batista custou a conseguir silêncio novamente:

– Muito obrigado! Olha... não é por isso que eu vou fazer essa surpresa agora. Já tava preparada.

Tirou um papel dobrado do bolso da camisa.

Quando Batista começou a recitar, até as mariposas em volta dos lampiões pararam.

Era um poema sobre uma velha mangueira, plantada junto à cerca, entre dois vizinhos que se odiavam, mas que dava suas mangas para os dois lados.

– O menino encontrou preso num arame farpado, depois do vendaval – disse Batista, devolvendo o papel para o meu pai.

Se o velho fechasse os olhos, ia chorar.

MEU PAI CO
NHECIA O CÉU.
SABIA O NOME
O LUGAR DE
STRELAS, PLA
NETAS E CONS
ELAÇÕES.
MAS VOLTAN
DO PARA CASA
NAQUELA NOI
TE EM QUE BA

Meu pai conhecia o céu. Sabia o nome e o lugar de estrelas, planetas e constelações. Mas voltando para casa, naquela noite em que Batista leu seu poema, só olhava para a terra.

Apontou para uma vala negra que saía de uma casa e disse:
– Precisamos acabar com isso.

No dia seguinte, escreveu uma convocação aos moradores da Rua dos Pedreiros. Deveriam aproveitar a mobilização por causa do problema dos lotes do lado direito e começar a se organizar para melhorar as condições de vida de todos. Sem dinheiro, o poder deles estava na união.

Reivindicações: registros de propriedade dos lotes, com escrituras definitivas para todos; abertura de fossas para o esgoto; luz elétrica; coleta de lixo; posto de saúde; e trazer o ônibus da vila até ali. Deveriam fazer abaixo-assinados para tudo. E ele se dispunha a coordenar essas campanhas.

– Vou na vila tirar cópias. Quer vir? – me convidou.

– Não. Meu dedão tá doendo.

– Deixa eu ver.

– Ai!

– Tá inflamado.

– É.

– Isso é bicho-do-pé. Vou tirar.

– Não precisa.

– É. Andar pra quê?

– Vai doer. Deixa pra amanhã.

– Bicho-do-pé se alimenta de tempo. Quanto mais tempo a gente dá pra ele, mais cresce.

Desinfetou com álcool uma agulha de costura, segurou meu pé direito e começou a escarafunchar a ponta do dedão.

Eu gritava.

– Tá fundo. Da próxima vez me avise logo.

Eu gritava.

– Já achei. Agora é só mais um pouco.

A vida não valia a pena.

– Pronto. Quase.

Chorei.

Ele mostrou um ponto de gosma preta na ponta da agulha:

– Viu? Não doeu nada.

Tirou cópias. Batista distribuiu. Os vizinhos aderiram. Assinariam qualquer coisa que meu pai pedisse.

Decidiram que o mais urgente era acabar com as valas negras. As crianças não paravam de ter diarreia, as moscas invadiam as casas, ninguém suportava mais o cheiro.

– É claro que o município não fará uma rede de esgoto só pra essa rua – explicou o velho. – Estamos distantes da vila. A solução são fossas individuais. Vocês não têm dinheiro pra comprar. Vou tentar convencer a prefeitura a dar as fossas. Faremos mutirões pra instalar.

Eu vinha sentindo pontadas no calcanhar esquerdo. Não podia esconder mais.

Nova sessão de tortura.

Dessa vez doeu ainda mais. A carne do calcanhar era macia, o bicho-do-pé tinha chupado fundo.

Fiquei na rede, com os dois pés enfaixados.

A popularidade do velho crescia. A toda hora alguém gritava por ele.

Um dia chegou da vila com esperança:

– No posto de saúde me disseram que é a prefeitura quem decide onde se deve construir um. Fui no secretário de saúde do município e ele falou que o processo é mesmo levar um abaixo-assinado, mas é complicado, precisa ter um número grande de assinaturas, e a nossa rua é pequena pra isso.

– Então não vai dar?

– Perguntei: "e se a gente entrar com as instalações?". Aí o secretário disse que talvez possa fornecer o equipamento básico e mandar um médico, um clínico geral, uma vez por semana, e um sanitarista, de vez em quando. Talvez até um dentista.

– Legal.

– Mas o pessoal não tem dinheiro pra construir nada. O bom era algum lugar já pronto, que bastasse reformar. Pedreiro aqui é que não falta. Conversei com o Batista, e ele vai desocupar o galpão de alvenaria que usou pra guardar o material durante a construção do armazém. Tá cheio de porcaria que não serve pra nada. Ah, e tem mais. No posto de saúde o sanitarista me disse que bicho-do-pé é uma praga que fica infestando o chão. O jeito é espalhar cal por todo o terreno. Só assim se acaba com ele.

– Vamos fazer isso agora mesmo. E joga cal em mim também.

– No caminho perguntei em algumas casas. Estão todos com bicho-do-pé. Já avisei que no próximo sábado será o dia de exterminar essa praga. Batista vai vender cal pelo preço de custo. Bom, é o que ele diz. Não vai resistir em lucrar alguma coisa com isso. Tudo bem. É um cara legal.

– Pai.

– O que é?

– Você também é legal pra caramba.

– Depois te dou meu retrato autografado.

As pessoas saíam do Batista com pão, leite e cal. Por volta das dez da manhã voltaram a se reunir em frente ao armazém. Meu pai comandou a operação.

– Cada um começa dentro da sua casa. Uma pessoa vai jogando a cal e a outra atrás, espalhando com a vassoura. É melhor deixar alguém cuidando das crianças pequenas. Depois tem que sair pro terreiro e continuar espalhando.

Leonor, ao lado da mãe, num vestido vermelho curto e tranças no cabelo, me deu um sorriso tão disfarçado que nem sei se foi imaginação minha.

Todos fizeram o que meu pai disse. Depois apareceram churrasqueiras diante das casas, cadeiras e mesas, e as pessoas não paravam de sair do Batista com cervejas e refrigerantes.

Vera, que não participava de nada, veio até o portão olhar.

O cheiro de carnes, frangos e sardinhas tostando na brasa se espalhou pela rua.

De todos os lados partiam gritos chamando meu pai. Tomamos um copo ali, um caldo de feijão mais adiante, comemos uma carne no portão de alguém, um frango no vizinho... No começo da tarde Eduardo apareceu com um violão e cantou serestas. O casal de velhos da esquina começou a dançar. Um negro com cabelos de algodão tocou pandeiro. Casais dançavam com o rosto colado. Tomei coragem e fiquei do lado de Leonor. Apertei a mão dela. Um minuto. Depois ela saiu correndo de novo.

No sábado seguinte foi a vez do posto de saúde. O mutirão para limpeza e reforma do galpão do Batista começou cedo.

– A gente tem que malhar o ferro enquanto tá quente – meu pai disse, quando saiu animado para o trabalho.

Fiquei na rede, convalescendo do terceiro bicho-do-pé.

Na hora do almoço apareceu Angenor com um carrinho de mão:

– Sobe aqui no táxi.

As mulheres haviam feito uma grande feijoada para os homens que trabalhavam no galpão. As mesas enfileiradas no meio da rua. Sentei ao lado do meu pai.

Brindaram a ele e aos novos tempos.

Depois pedi para Angenor me deixar na sombra de uma amendoeira. Queria ver os trabalhos.

O galpão já estava vazio e limpo.

Dois homens instalavam uma porta nova; quatro trocavam telhas; outros, entre eles meu pai, pintavam as paredes. Mulheres capinavam o terreiro e faziam um caminho de pedras.

Domingos e Angenor furavam um poço junto à parede lateral.

Leonor e outras meninas plantavam flores.

Dormi dentro do carrinho de mão.

FEZ QUATRO ABAIXO-ASSINADOS: PARA TRAZER UM MÉDICO PARA O POSTO DE SAÚDE; OBRIGAR O ÔNIBUS A VIR ATÉ A FRENTE DO ARMAZÉM DO BATISTA; FAZER CAMINHÃO

OITO

Fez quatro abaixo-assinados: para trazer um médico para o posto de saúde; obrigar o ônibus a vir até a frente do armazém do Batista; fazer o caminhão da prefeitura passar para recolher o lixo uma vez por semana; e pedir fossas sanitárias.

Quase bom das feridas dos pés, lendo na rede, uma lagartixa caiu do telhado da varanda bem na minha testa.

Começou como uma irritação avermelhada, que piorei coçando. Pequenas bolhas de água estouraram por todo lado e a coisa se alastrou. Feio de verdade.

Meu pai trouxe uma pomada da farmácia da vila. Passei três dias com metade da cara branca.

José me viu, entrou em casa e voltou com o rosto coberto de pasta de dente.

Em poucos dias recolheram todas as assinaturas.

Meu pai separou os abaixo-assinados em pastas coloridas e começou os contatos.

O secretário de saúde prometeu encaminhar o pedido para o posto médico.

– E quanto às fossas? – meu pai perguntou.

– Entregar dois abaixo-assinados juntos ao prefeito não é politicamente esperto.

– E então?

– Temos um vereador, em seu primeiro mandato. É rico, dono de uma cadeia de lojas de material de construção.

– Sei.

– Peça as fossas a ele, diga que os próprios moradores da rua vão instalá-las e que poderá colocar uma grande placa com o nome dele durante as obras. Mostre o abaixo-assinado para ele contar os votos...

O vereador concordou, mas marcou a solenidade da entrega das fossas para dali a dois meses, quando começaria a campanha para a presidência da Câmara.

O serviço de ônibus era uma concessão da prefeitura, dada a um empresário desinteressado pelo problema dos outros e por votos.

– Meu amigo, se todas essas pessoas prometessem pegar os meus ônibus pelo menos uma vez por dia, o que não vai acontecer porque a maioria anda mesmo é de bicicleta, nem assim cobririam meus custos com gasolina e peças. Boqueirão é longe, e aquela estrada tem muito buraco.

– Transporte coletivo é um serviço social – reagiu o velho.

– Você tem de pensar nas pessoas. Só estamos pedindo para que vá dois quilômetros adiante.

– Isto aqui é uma empresa e não uma instituição de caridade.

– O governo lhe deu uma concessão. Pode cassá-la.

– Acho difícil. O prefeito é meu primo.

O velho arrancou o abaixo-assinado da mão do sujeito e saiu batendo a porta.

A coleta de lixo ficava a cargo de um Departamento de Limpeza, um órgão da prefeitura cuja filosofia era trabalhar o mínimo possível.

O velho passou dias tentando falar com o diretor.

– O doutor está em campo – repetia a secretária.

Até meu pai chegar com biscoitos, água e um livro e dizer que ia passar o dia ali esperando. Duas horas depois foi atendido.

– Sinto muito – o homem foi logo dizendo quando soube onde ficava a Rua dos Pedreiros. – Essa área está fora do meu departamento.

– Como assim?

– Fora. Não compreende? Não podemos recolher o lixo de todo o estado.

– Pelo que eu sei, o Boqueirão é um bairro desta vila. Não está em outro município!

– Um bairro muito afastado. O mais afastado.

– Você não pode discriminar um bairro porque é longe.

– Posso sim.

– A coleta não precisa ser diária. Ponham apenas uma caçamba e apareçam para recolher de quinze em quinze dias.

– Nossos pontos de recolhimento de lixo já estão determinados. Lamento não poder fazer nada pelo senhor. Boa tarde.

A veia da testa saltou. Achei que ia dar um murro no homem. Mas não.

– É sua palavra final?

– É sim.

– Tudo bem. Boa tarde.

E saiu com um sorriso estranho.

Eu ia no bagageiro da bicicleta e o vento trazia suas palavras.

– As pessoas agem segundo seus interesses imediatos. É sempre assim.

Saiu da estrada principal, entrando por uma pequena trilha no mato.

O sol já enfraquecia. Aqui e ali uma garça saía de sua imobilidade para virar o longo pescoço em nossa direção.

– Olha onde as pessoas jogam o lixo.

Galhos cheios de sacos plásticos. E sobre as águas da lagoa, garrafas boiando. Os animais reviravam os sacos, o vento espalhava. Até no alto das árvores. Fedor. Moscas.

Meu pai convenceu os vizinhos a juntar o lixo num terreno baldio. Em uma semana já havia uma enorme pilha de mais de dois metros de altura.

Pediu emprestada a caminhonete de um fornecedor de biscoitos do Batista, um nordestino divertido que já tomara muitas cervejas com ele, e numa segunda-feira de madrugada levou todo o lixo para a vila e o jogou na calçada, em frente à casa do diretor do Departamento de Limpeza, com um cartaz espetado em cima:

Se o diretor disse não
a uma limpeza completa,
nas ruas do Boqueirão,
o povo fez a coleta.

Dias depois uma caçamba do Departamento de Limpeza apareceu no terreno.

Naquela noite houve uma festa na rua.

Chegaram a colocar o velho nos ombros.

O tempo virou durante a noite.

Quando acordei meu pai já fazia o café.

– Se quiser ir, vá se arrumando – ele disse. – Temos de pegar o ônibus das sete. E a porcaria dessa chuva! Logo hoje.

Vestimos nossas melhores roupas, nos cobrimos com um grande plástico, mas já no Batista estávamos enlameados até os joelhos.

Encontramos Domingos e Angenor. Rimos. Os dois estavam de terno.

– Foi uma igreja que deu – explicou Domingos.

Fomos os quatro, embaixo de plásticos, até o ponto de ônibus, perto da casa do seu Jovi.

O fórum ficava numa espécie de sobrado, em cima da delegacia. Subimos, encharcados e sujos, por uma escada lateral. Chegamos a uma sala grande, com dois bancos compridos encostados nas paredes. Muita gente já aguardava audiências.

No final da sala, uma porta de madeira, grande, com um papel espetado. Meu pai foi ler o que estava escrito. Fui atrás dele. Sentia um medo esquisito e não queria desgrudar do velho. Passou o dedo pela lista e encontrou a nossa:

– Está aqui. Marcada pras dez horas mesmo.

Perguntou para um sujeito de terno que também lia a lista:

– Algum atraso?

– Tá brincando? O juiz acabou de chegar. Ainda nem começou a primeira audiência.

A nossa era a quinta. Numa média de uma hora para cada, tínhamos uma longa espera pela frente. Tratamos de conseguir um lugar no banco e lá ficamos como os outros, olhando para o chão.

Às duas horas da tarde nos chamaram. Tive medo de desmaiar de fome.

Uma sala grande, com uma mesa comprida e cadeiras dos dois lados. Na cabeceira subia uma espécie de palanque de madeira, de um metro de altura e, lá no alto, estava sentado o juiz. Do seu lado direito, o promotor. À esquerda, uma secretária, batendo à máquina.

Na parede da esquerda, havia uma outra porta. Ângelo e seu advogado só podiam ter entrado por ela. Já estavam sentados. Não haviam esperado lá fora, como todo mundo.

Sentamos à frente deles. Nosso advogado, na cadeira mais próxima à cabeceira do juiz, eu, na ponta oposta.

Ângelo era gordo, com o cabelo curto espetado no alto da cabeça, bigode branco e bochechas caídas como um buldogue. Sua presença me aterrorizou. Saíam tufos de cabelo do seu nariz. Sua papada imensa começava atrás das orelhas. Esfregava uma mão na outra todo o tempo.

Olhava meu pai com ódio.

A secretária leu os motivos da audiência. Contestação de posse, apresentação de provas documentais, Rua dos Pedreiros etc.

O juiz usava óculos grandes demais, quadrados, e tinha um tique nervoso no pescoço.

– A princípio esta audiência seria apenas uma formalidade – ele falou – para que me fossem entregues provas documentais de ambas as partes. O excelentíssimo doutor advogado do senhor Ângelo, aqui presente, no entanto, adiantou-se e me entregou seus novos documentos há uma semana, os quais pude examinar com toda calma. Gostaria de receber agora os da parte contrária.

– Meritíssimo – disse o nosso advogado – *data vênia*, me abstenho de incluir novos documentos no processo. Julgo suficiente os que já foram apresentados pelos meus clientes. E reafirmo o direito inalienável que têm sobre suas propriedades.

O juiz voltou a falar:

– Excelentíssimo defensor público, já que não me apresenta então nenhum dado novo que venha comprovar a posse dos lotes do lado direito da Rua dos Pedreiros, e diante das provas irrefutáveis que recebi de seu colega, creio que só me resta dar a sentença.

Meu pai reagiu:

– Meritíssimo, eu...

O advogado de Ângelo cortou:

– Peço a palavra.

– Palavra concedida – autorizou o juiz.

– Quero questionar a presença deste senhor e de seu filho aqui nesta sala. Pelo que me consta, ele não é um morador do lado direito da rua.

– O senhor confirma que seu lote não se situa do lado direito da rua? – perguntou o juiz ao meu pai.

– Sim, meritíssimo, mas...

– Então peço que não se manifeste. Esta audiência não foi marcada para a apresentação de provas testemunhais.

– Acontece que...

– Meu senhor, se insistir será retirado da sala. E poderá ser até preso.

O velho calou-se. A veia latejava.

– Ele tá aqui pra ajudar a gente – disse Angenor.

– E o senhor, quem é? – perguntou o juiz.

– Meu pai aqui é dono do lote e nós não...

– O advogado da causa quer incluir oficialmente o depoimento desse rapaz ao processo?

Nosso advogado balançou a cabeça de um lado para o outro.

– Mas a gente não vai ficar calado enquanto esse homem aí...

– Levem este rapaz para fora antes que eu lhe dê voz de prisão! – gritou o juiz.

Angenor foi retirado por dois policiais. Tornaram a fechar a porta.

– E o promotor, como se manifesta? – perguntou o juiz.

– Também tive acesso às provas apresentadas pelo ilustre advogado do senhor Ângelo – disse ele, folheando um grosso livro – e não tenho dúvidas de que o seu direito sobre os terrenos é inquestionável. Determino ganho de causa ao doutor Ângelo, e que os autos sejam conclusos.

E mais não disse.

Meu pai afundou na cadeira, enquanto o juiz ditava a sentença e a secretária batia à máquina.

ANGENOR NÃO SE CONFORMAVA. QUERIA ESPERAR ANGELO SAIR PARA MATÁ-LO, E FALAVA SÉRIO. QUANDO DOMINGOS TENTOU ACALMÁ-LO, CHAMOU PAI DE COVARDE. MEU PAI

NOVE

Angenor não se conformava. Queria esperar Ângelo sair para matá-lo, e falava sério. Quando Domingos tentou acalmá-lo, chamou o pai de covarde.

Meu pai nos enfiou num táxi.

Domingos repetia... "E agora? E agora?"

– Eu não vou sair da minha casa! Só se me matarem! Só saio de lá morto! – gritava o filho.

A chuva continuava forte quando descemos do táxi, em frente ao armazém do Batista.

Muita gente nos esperava. Alguém perguntou:

– E então?

Meu pai contou. Choro. Palavrões. Gritos. Revolta.

Ninguém se conformava. Falavam em ir à vila quebrar tudo, pegar armas, matar. Meu pai gritou:

– Não é assim que se resolve! Vamos dar uns dias pra esfriar a cabeça! Eles não vão expulsar ninguém daqui. Eu garanto! Confiem em mim!

Não sabia o poder que tinha. A reação das pessoas o espantou. Olharam para ele e concordaram.

Aos poucos foram se dispersando. As mãos do velho tremiam.

Trouxe a rede para dentro de casa, prendeu-a nos caibros da sala e deitou.

Subi para o jirau levando uma revista.

A noite caiu. Acendi o lampião. Fiz um sanduíche, perguntei se ele queria um. Resmungou que não. Subi de novo.

Mais tarde começou a falar sozinho.

– O que é que estou fazendo com essa gente? O quê? Confiam em mim... e o que foi que eu fiz, de verdade? Brincando de salvador da pátria. Sou é um filho da mãe. Criando ilusão nessa gente. Arranjando caçamba de lixo. Não sirvo pra nada! Prometendo. Só prometendo. As melhores pessoas que já conheci. As melhores... "Confiem em mim"... "Tudo vai dar certo"... Que canalha! "Ninguém vai tirar vocês daqui"... Onde é que eu me meti?

– Pai.

Ele levou um susto:

– Você tá acordado?

– Lembra quando o Pedrão queria me pegar?

– E daí?

– O único jeito foi pedir ajuda a alguém maior que ele.

O velho ficou me olhando, de boca aberta. Depois deu um tapa na testa.

– Outro advogado!

Ficou andando de um lado para outro.

– É isso! A vila tá nas mãos do Ângelo. Vou arranjar um advogado de fora!

Saiu para mijar.

– Eu tenho um cartão! – gritou lá de fora.

Voltou correndo e revirou todos os papéis na estante. Encontrou, dentro de um livro.

– Mas é uma livraria – eu li.

– É. Conheci lá. Anotou o endereço do escritório no cartão. Olha aí atrás. Artur, era o nome dele.

Colocou papel na máquina e escreveu uma carta.

Saiu cedo, com cara de ressaca, para ir ao correio da vila.

Fui comprar pão e leite no Batista.

No caminho encontrei Leonor.

– O mar subiu – ela disse. – Quer ir à praia comigo, ver as ondas?

– Tudo bem.

Não trocamos uma palavra até lá.

A um quilômetro já se escutava o barulho. A terra tremia. A faixa de areia desaparecera. Ali, a poucos metros da estrada, ondas imensas quebravam, espalhando espuma.

Encostamos no tronco de uma amendoeira. As ondas cresciam e desabavam.

Leonor grudou a boca na minha.

Fechei os olhos.

No quarto dia depois da sentença, toda a rua começou a reparar no cheiro.

Ninguém descobria o motivo. Ficou insuportável. Então um dos urubus pousou no telhado da casa de Vera.

Os homens arrombaram a porta, meu pai entre eles, e a encontraram.

O perito da polícia atestou suicídio por veneno de rato. Nenhum parente apareceu no enterro.

Vera morava do lado direito da rua.

Os dias passaram, as pessoas pareciam esperar alguma coisa do meu pai e isso o desesperava.

No meio da manhã um moleque chamou por ele:

— Moço! Moço! Os homens chegaram!

— Que homens?!

— Os homens do Ângelo!

Um grande movimento em frente ao armazém do Batista. Corremos para lá.

O trator estava parado na esquina, com um sujeito mal--encarado nos controles. Outros dois encostados na lataria. E dois mais afastados.

Os moradores formavam grupos desorientados em volta. Uma velha segurou o braço do meu pai, chorando:

– Aquele homem ali. Falou que ia derrubar a minha casa.

O velho foi falar com ele.

– O que tá acontecendo aqui?

– Ordens do seu Ângelo. Vamos começar a derrubar as casas.

– Mostre o mandado da justiça.

O outro riu:

– Não tem mandado nenhum não.

– Sem mandado não podem...

– Não crie caso. O patrão ganhou na justiça. Os terrenos são dele.

– As pessoas aqui têm direito a um prazo para...

– Olha, eu não sei de nada nem quero saber. Não é problema meu. Seu Ângelo quer adiantar o serviço. Não tem porcaria de papel nenhum. Ei! – gritou para o que estava em cima do trator. – Comece por aquele muro ali – e apontou para a casa da esquina, oposta ao armazém.

Todos esperavam calados pela reação do meu pai. Ele olhou para trás. Ali só havia mulheres, crianças e velhos. Àquela hora os homens estavam no trabalho.

Segurou o braço do sujeito:

– Sem mandado, ninguém toca nas casas!

O trator avançou contra o muro, destruindo o caramanchão em que um casal de velhos cultivava samambaias.

Então Zé do Boné saiu do mato e acertou a cabeça do motorista do trator com um tijolo maciço. O homem despencou lá de cima.

Zé do Boné tornou a se enfiar no mato e sumiu.

Angenor chegou correndo. O primeiro que apareceu na sua frente recebeu um chute entre as pernas e caiu de cara no barro, gemendo.

Dois fora de combate.

Mas um terceiro segurou o filho do Domingos, enquanto o outro lhe acertava socos na barriga e no peito.

Meu pai tentou apartar, mas o quinto homem, o chefe, socou seu ombro direito e ele foi parar dentro do caramanchão destruído. Voltou de lá com um pedaço de caibro e com ele acertou as pernas do que segurava Angenor.

O homem caiu, mas o que batia continuou, chutando Angenor no rosto, nas pernas, até meu pai acertar a ponta do caibro em seu estômago.

Angenor já não se mexia. Meu pai levou um tapa na cabeça, rodopiou, cambaleou e desabou no meio da Rua dos Pedreiros, com a mão no ouvido esquerdo.

Batista tentou me segurar. Joguei uma garrafa de cerveja. Errei. O chefe veio na minha direção. Pedrão avançou pela direita, com a mão fechada. O homem levou a pedrada bem na testa. O sangue escorreu. Ele não caiu.

Então Eduardo chegou.

Vinha para o almoço. Encostou a bicicleta no trator, tirou a camisa e as sandálias.

O sujeito que segurava meu pai levou um tapa no ouvido e largou o velho.

Os três cercaram Eduardo, que sacudia as mãos e gritava:

– Vem! Vem!

O primeiro que foi viu Eduardo girar o corpo. O calcanhar o acertou no queixo e ele desabou, sem sentidos.

O segundo levou um pé no peito, saiu uns dois palmos do chão e caiu de costas. Ainda levantou e pôs todo o peso do corpo num soco na direção da cabeça de Eduardo. Errou, e recebeu uma joelhada no estômago. Dobrou-se para frente. Uma pancada na nuca o pôs abaixo de vez.

O chefe do grupo procurava aflito alguma coisa dentro de uma bolsa, na parte de trás do trator. Encontrou. Uma arma.

Apontou na direção de Eduardo. Gritamos. Meu pai surgiu de trás do trator, com outro pedaço de caibro, e bateu no braço do homem, com toda força. O velho ergueu novamente o caibro, olhando para a cabeça dele.

Gritei.

— Não faz isso não, pai!

Ele olhou para mim, cuspiu sangue e jogou o caibro longe.

O único em condições de dirigir o trator foi o que levou o golpe de calcanhar de Eduardo.

Colocamos os outros quatro na caçamba da frente e foram embora.

Batista conseguiu um carro para levar meu pai e Angenor para o hospital da vila.

Angenor não acordava. Respirava com dificuldade. Levara muitos socos e chutes, no peito e na cara.

A tarde caiu e ele não chegava. Fui até o Batista. Ninguém sabia de nada.

Acabei dormindo na rede da varanda. No meio da noite me assustei com a mão me fazendo carinho na cabeça.

— Vai pra cama, rapaz. Não fique aqui alimentando os mosquitos.

— Pai?

— O que restou dele.

Entramos em casa, acendemos o lampião, e pude ver o estrago.

Um longo hematoma descia da testa e envolvia o olho esquerdo. Uma capa de esparadrapo sobre o nariz. Havia raspado a barba para levar os pontos na boca.

— Gosto mais de você com barba.

— Eu também.

— Por que demorou tanto?

— Angenor.

— O quê..?

— Ficou tudo bem, mas levamos um susto grande. Os batimentos cardíacos estavam fracos demais, e chegou a ter uma parada respiratória. Foi pro balão de oxigênio. Tá com a cara pior do que a minha e quatro costelas partidas. Vai ter que ficar com um colete de gesso por uns três ou quatro meses. Perdeu dentes e teve uma fissura nesse osso do rosto aqui.

Não houve mais sossego depois daquilo. Começamos a esperar pela polícia a qualquer momento. Ou pela volta dos capangas de Ângelo, dessa vez armados e prontos para vingar os companheiros.

Muitos nem iam trabalhar, com medo de uma emboscada, não querendo deixar suas famílias sozinhas. As crianças não iam à aula.

E começaram a se armar.

Compraram facões e foices no Batista. Alguns conseguiram revólveres. Os meninos arrancavam galhos de goiabeira para fazer atiradeiras.

Agora, mesmo com um mandado judicial, ninguém ia deixar sua casa sem violência. Ela seria inevitável.

Mas nada acontecia. Uma tensão permanente. Só chegavam boatos. Os homens de Ângelo estavam se armando. Atacariam à noite. A polícia viria prender todo mundo. A prefeitura ia desapropriar toda a área.

Meu pai falava sozinho:

– Preciso fazer alguma coisa. Não posso deixar acontecer. Eles confiaram em mim. Criei esperanças. Não fiz nada.

Fomos à vila.

Primeiro ao hospital visitar Angenor.

Fora de perigo, mas ainda não podia falar. Apertou minha mão com força.

Na saída cruzamos com Domingos.

– Vai dar tudo certo – meu pai consolou. – Ele vai ficar legal.

– Vai sim.

Domingos era outra pessoa. E não queria falar muito.

Paramos para tomar um suco e o velho lembrou do secretário de saúde. Talvez pudesse ajudar.

Esperamos quase uma hora.

– Já sabe o que aconteceu? – meu pai foi direto ao assunto.

– Sei – disse ele. – Todo mundo sabe. E isso inclui o prefeito.

– Eles não tinham um mandado.

– Por isso não deram queixa. Vocês deram?

– Não. O pessoal lá da rua não quer nada com a polícia.

– Eles vão voltar. E dessa vez com o mandado.

– Vai haver barulho. Mas a razão está do nosso lado.

– Ter razão ou não, politicamente, não faz a menor diferença. O prefeito está por dentro de tudo e me disse que não quer se meter nessa confusão. O posto de saúde está suspenso.

– Não pode.

– Pode. O prefeito pode. É só balançar a cabeça de um lado pro outro.

– Vou falar com ele.

– Não vai receber você.

– Tudo bem. Consigo um médico com o vereador que vai nos arranjar as fossas.

– O vereador também voltou atrás.

– O quê?

– É isso. Esta é uma cidade pequena. As pessoas se encontram. Ninguém quer briga com Ângelo.

Deixamos o secretário amassando e desamassando um pedaço de papel.

Na volta vimos que a caçamba de lixo não estava mais lá.

NVERNO. A
CHUVA FINA
NÃO PARAVA.
O VELHO AL
TERNAVA MO
MENTOS DE
RAIVA A LON
GAS HORAS
BALANÇANDO
NA REDE, SEM
ÂNIMO PARA
NADA, CUL
PANDO, SE PO

DEZ

Inverno. A chuva fina não parava.

O velho alternava momentos de raiva a longas horas balançando na rede, sem ânimo para nada, culpando-se por iludir os vizinhos, achando que no fundo fizera tudo movido por vaidade pessoal.

Eu não podia ajudá-lo porque só pensava em me encontrar com Leonor em algum lugar isolado.

A situação piorava. Todos esperando o pior.

Cada carro que encostava no Batista, cada pessoa estranha que chegava à rua podia estar trazendo o mandado judicial.

Mas nada acontecia, a disposição de lutar diminuía, muitos começavam a pensar para onde ir. Já falavam em demolir as casas com cuidado, aproveitando o material, para reconstruí-las num outro lote, longe dali.

Alguns tentavam contatos com parentes. A qualquer momento podiam precisar de abrigo.

Angenor continuava no hospital. Domingos não podia trabalhar, tinha de ficar em casa tomando conta das filhas. Vendeu a bicicleta, e até ferramentas de trabalho, todo o tempo com aquela expressão determinada, de quem aceitava os fatos só porque no futuro iria tomar uma atitude.

Dinheiro também era um problema para nós. Um grande problema. O velho se abriu comigo:

– Vamos mal, filho. Esses meses todos só venho gastando. Vim com a ideia de alugar uma casa, começar a fazer vidro artesanal, depois ampliar os negócios até chegar a uma pequena fábrica, com empregados e tudo, mas o que fiz? Comprei a casa, gastei quase todo o dinheiro com material de construção, me deixei envolver pelas outras pessoas e seus problemas e acabei não fazendo nada. Agora o dinheiro vai acabar e não tenho a menor ideia do que fazer.

Numa daquelas tardes chuvosas o velho entrou em casa dizendo que ia fazer vidro:

– Nem que seja a última coisa que eu faça na vida! E nada de botijão pequeno! – ele disse, atarraxando o maçarico no botijão grande do fogão.

Preparou o cadinho, colocou a cal e o óxido de sódio dentro dele, sem nem medir as proporções, depois lembrou da areia e, como não quis ir até a praia, recolheu a areia preta do terreno mesmo.

Misturou tudo de qualquer maneira, disse um palavrão e abriu fogo.

– Só apago quando essa merda derreter!

Ficou segurando o maçarico, revezando os braços, sentado no chão, gritando para mim de vez em quando:

– Joga mais areia nessa porcaria!

– Agora mais cal! Mais cal!

– Despeja logo toda essa meleca de óxido de sódio! Que se dane!

Fiquei entornando os componentes no cadinho, sem cálculo, duas, três, quatro horas. E ele lançando fogo por baixo, sem parar:

– Até que toda essa maldita meleca exploda!

Cinco horas seguidas. A sala estava quente como uma fornalha. Suávamos de molhar o chão. O corpo doía. Ele reclamava dos braços dormentes, mas não parava.

E então olhei bem e gritei:

– Tá derretendo! Tá derretendo!

Mais meia hora de fogo e as coisas dentro do cadinho viraram uma papa encardida.

Ele pegou o tubo de ferro. Mexeu o caldo grosso e disse um palavrão. Apagou o maçarico.

A base do cadinho ficara vermelha, incandescente.

Com a ponta do ferro tirou uma bola daquela substância estranha, que endurecia rapidamente. Olhou em volta. Esquecera a pinça. Pegou o pegador de macarrão de aço, puxou um pedaço da bola e a esticou, como um chiclete.

Com uma ponta presa ao tubo e a outra ao pegador de macarrão, a parte do meio foi caindo. Ficamos sem saber o que fazer. Ele acabou juntando as duas. Elas grudaram e em seguida esfriaram.

Colocamos a coisa sobre a mesa e ficamos olhando.

Um grande anel de vidro.

No dia seguinte, quando ia descer do jirau, meu pai viu algo se mexer perto da porta.

– Lá – apontou. – Tá vendo?

Uma cabeça fina e vermelha apareceu atrás da lata de lixo.

– Uma cobra! – eu disse.

– Fica aqui em cima.

O velho desceu e pulou a janela. Voltou com uma ripa comprida que sobrara da reforma da varanda.

Errou a primeira pancada.

A segunda também, e a ripa quebrou.

A cobra avançou, armou o bote e o acuou num canto da sala.

Não tinha como fugir. Agarrou a panela de feijão em cima da pia.

Foi ele que deu o bote.

No primeiro golpe já a esmigalhou completamente. Continuou batendo. Batendo. Até restar apenas uma gosma disforme no chão.

Ouvimos gritos lá fora.

Saímos. Pedrão tentava explicar:

– Um homem de carro. Cercaram ele. Perguntou se aqui era a Rua dos Pedreiros. Tem uma pasta. Vão matar ele!

Havia uma confusão na esquina, perto do armazém.

Mais de vinte homens, alguns armados, cercavam o sujeito, assustado.

Meu pai reconheceu.

– Artur.

DOIS PALMOS
MAIS ALTO QU
O VELHO, MES
MA IDADE, MA
GRO, CABELO
PRETO, COM
PRIDO, PEN
TEADO PARA
TRÁS, E UM BI
GODE GROSSO
CAINDO SOBRE
A BOCA. CALÇ
E CAMISA

ONZE

Dois palmos mais alto que o velho, mesma idade, magro, cabelo preto, comprido, penteado para trás, e um bigode grosso caindo sobre a boca. Calça e camisa, pretas, amarrotadas. Uma longa cicatriz no braço direito. O polegar e o indicador deformados.

Abraçou meu pai e falou no seu ouvido: – Não diga pra ninguém quem sou eu.

Foi apresentado como um amigo e a confusão acabou. Eduardo convidou os dois para tomar uma cerveja.

Voltei para casa, comi, dormi de novo, acordei e eles ainda não haviam voltado. Fui ao Batista. As garrafas de cerveja vazias se espalhavam pelo balcão, pratos de tira-gosto empilhados entre elas. Eduardo tocava violão. Meu pai batucava numa lata. Artur cantava.

Fiquei num canto. Acabaram pedindo a conta. Mal Batista fez a soma no papel de embrulho, Eduardo a tomou.

Artur enfiou a mão no bolso. Meu pai pediu que eu fosse em casa pegar dinheiro.

— Não — Eduardo disse. — Fui eu que convidei.

— Para com isso — falou o velho. — Vamos rachar.

— É claro — concordou Artur.

— Eu convidei. Eu pago.

Meu pai ainda insistiu:

— Eu sei que você convidou, mas passamos da conta. Não é caso pra se ofender. Vamos dividir.

Eduardo nem ouviu.

— Quanto você me dá por esse violão? — ele perguntou ao Batista.

— Não faz isso — o velho tentou impedir.

— Depois você paga — falou Batista.

— Quanto me dá pelo violão?

— Olha... — interferiu Artur — Vou fazer um cheque da minha parte e...

— Presta atenção. Todo mundo. Vou pagar essa despesa porque eu convidei, tão entendendo?

Artur calou-se e acendeu um cigarro.

— Quanto você dá por esse violão? Fala logo, Batista. Dá pra pagar a despesa com ele?

— Dá sim.

Eduardo passou o violão por cima do balcão.

Artur dormiu na rede, dentro de casa.

Acordaram na maior ressaca. Passaram a manhã estirados em esteiras na varanda, conversando.

Meu pai explicou a situação dos moradores do lado direito da rua, contou o que aconteceu na audiência e a briga com os homens do trator.

– Pedi para não dizer a eles quem eu sou porque não quero criar falsas esperanças – Artur explicou. – Vou ver o que posso fazer. Sem cobrar nada, claro. Você viu o que o tal Eduardo fez? O violão...

– As pessoas aqui são assim.

– Primeiro quase me matam. Depois...

– Vá se acostumando.

– Tenho experiência em casos como esse. E já apanhei dos poderosos – mostrou os dedos deformados. – Apanhei muito. Fiquei mais esperto. Fiz um concurso público, passei para a procuradoria do Instituto Nacional de Previdência Social. Agora tenho um salário fixo, e me sobra tempo livre pra defender os pobres sem cobrar nada.

– Você é um procurador?

– Pois é. E posso pegar os processos e trabalhar em casa. E o melhor é que me deram isso.

Artur tirou do bolso e mostrou uma carteira preta, de couro, com um brasão da República em alto relevo na frente. E em letras bem grandes: PROCURADOR FEDERAL.

– Sou uma autoridade federal.

– Assusta.

– Ninguém gosta de criar confusão comigo.

O tempo é contínuo, mas certas decisões provocam saltos. A primeira macarronada na nova casa. A resposta que dei a meu pai sem pensar. O primeiro beijo em Leonor. O anel. Aquela carteira na mão de Artur.

Paramos de carro em frente ao Batista e compramos um salaminho, cinco bisnagas, uma dúzia de maçãs, dois litros de água, queijo e biscoitos.

Dobramos à direita na estrada paralela à praia. Ruínas de alicerces por todo lado. Meu pai ia repetindo a mesma história que Jovi nos havia contado no começo de tudo.

Até a expressão de Artur parecia com a do velho quando chegamos ali, quase um ano antes.

A Pedra Negra surgiu à nossa frente. Um bloco imenso de rocha escura avançando para o mar.

Subimos até o ponto mais alto. Dali se via a longa faixa de areia, a vila na outra ponta e as casas da Rua dos Pedreiros na beira da lagoa.

Do alto, as estradas de barro pareciam formar uma teia vermelha, prendendo as pessoas umas às outras.

Na segunda-feira, quando acordamos, havia um bilhete de Artur sobre a mesa:

"Fui à vila.

Marque uma reunião com todos os moradores no Batista, às oito da noite."

INCO E MEIA,
SEIS HORAS,
AS BICICLE
TAS COMEÇAM
A CHEGAR. OS
HOMENS VEM
EM GRUPOS.
VOLTAM DO
TRABALHO,
PRECISAM DE
UM BANHO. AS
MULHERES OS
ESPERAM. JA

DOZE

Cinco e meia, seis horas, as bicicletas começam a chegar. Os homens vêm em grupos. Voltam do trabalho, precisam de um banho. As mulheres os esperam, já prontas, as crianças também. Esperam com a comida no fogo. Têm pressa. Haverá reunião no Batista. Não sabem para que, mas foi marcada por meu pai e tudo que ele faz é importante.

Mesmo que tenha sido cauteloso, mesmo que não tenha explicado o motivo, uma reunião marcada por ele é sempre uma esperança. Na situação que eles estão, a esperança se alastra como uma epidemia.

O mistério aguça a curiosidade. Todos acham que aquele amigo misterioso, que passou o sábado cantando no Batista, tem alguma coisa a ver com a reunião.

Alguns vêm do trabalho direto para o armazém e pedem um pão, cem gramas de mortadela.

Sete horas. A noite caiu. As famílias vão chegando. Os homens na frente, cumprimentando os amigos, mulheres e crianças atrás, roupas de domingo, de vez em quando um berro para que não se sujem no barro. Pedem refrigerantes, biscoitos.

Estou sentado numa extremidade do balcão, as costas apoiadas na parede, os pés sobre uma pilha de jornais velhos para embrulho. Tenho a sensação de ver tudo sem ser visto. Como num filme.

Meu pai é o centro das atenções. Quando perguntam a ele o motivo da reunião, só balança a cabeça, sacode os ombros e sorri.

Sete e meia. Todas juntas. As outras pessoas. Serão sempre assim, pela minha vida afora. Sempre surpresa, decepção, susto, alegria. Sempre o inesperado. O mistério. As outras pessoas.

E lá está meu pai. Mistério também. Gosto dele.

Chega Domingos. E Angenor, ainda engessado da cintura para cima. Atrás deles, Zé do Boné, com uma gêmea em cada braço.

Oito horas. Não falta ninguém. Artur chega.

O silêncio.

Sai do carro. Gestos lentos, ar grave. Está de terno escuro e carrega uma pasta preta.

Passa calado entre as pessoas.

Coloca a pasta sobre o balcão. Olha em volta. Afrouxa a gravata.

– Vou contar a vocês sobre o meu dia.

O único movimento é o de Batista enxugando um copo.

– Primeiro, quero dizer a todos vocês que sou advogado. Mais precisamente, um procurador federal.

Tira a carteira do bolso de dentro do paletó e a exibe. O emblema prateado brilha sob as luzes dos lampiões a gás pendurados no teto. Guarda a carteira e continua.

– Cheguei muito cedo na vila e tomei café no bar diante do fórum. Bares perto de fóruns são os melhores lugares para um advogado conseguir informações. Comi um sanduíche, tomei uma vitamina, falei de futebol, de mulher, e acabei sabendo tudo sobre Ângelo. Seus negócios, o poder que exerce na cidade, suas amantes... Quando o fórum abriu, pedi para ver o processo.

Abre a pasta, tira um envelope de papel pardo, grosso, e o sacode no ar.

– Esta é uma cópia autenticada do processo. Cheguei a rir quando li. Nunca vi manipulações tão grosseiras, falsificações tão malfeitas. Está tudo errado aqui. Desrespeita vários ritos judiciários. Avisos não enviados, mandados não cumpridos. Faltam petições fundamentais.

Abre o envelope, puxa uma folha e a sacode no ar:

– Por exemplo, não existe uma petição protocolar para o benefício da gratuidade. Na pressa de indicar seu afilhado como defensor público, esqueceu de obter da parte interessada, vocês, os moradores do lado direito da rua, a autorização assinada. Só a falta desse documento já anula todo o processo.

O rosto de meu pai se ilumina. Artur volta a colocar a folha dentro do envelope:

– Há coisas piores. Falsificações primárias, assinaturas adulteradas, documentos rasurados, cópias sem autenticação. A audiência foi uma piada. Sem apelação. Sem réplica.

Joga o envelope no balcão:

– Isso não tem valor nenhum. Pode ser anulado facilmente. Além do mais, a sentença que os expulsou daqui foi dada em primeira instância. Pela lei, poderiam recorrer, procurar outros tribunais. Ângelo sabe disso, por isso a pressa em expulsá-los. O uso da violência só agravou a situação dele.

Artur senta no balcão:

– Eu podia então recorrer, afastar o defensor público e me constituir como advogado de vocês. Fui almoçar. Comi a melhor moqueca de toda a minha vida. Aí me deu uma preguiça danada disso tudo e resolvi pegar pesado. Fui procurar Ângelo. Mostrei essa cópia do processo, apontei todas as falcatruas, disse que ia anular tudo e acusá-lo pelas falsificações. Puxei a carteira e esfreguei na cara dele. Disse que ia acusá-lo também de invadir propriedades sem um mandado e agredir os moradores. Ah, e ameacei fazer uma devassa no seu imposto de renda e na situação de seus empregados junto à Previdência Social. Isso sempre funciona.

Tira a gravata e completa:

– Amanhã de manhã, Ângelo vai ao fórum anular ele mesmo o processo. Acabou. Ninguém tira mais vocês daqui! É isso aí!

E joga a gravata para o alto.

Continuei no meu canto vendo os abraços, as lágrimas, o riso. Ouvindo os gritos e as palmas. Ergueram Artur nos braços.

Vi meu pai saindo. Fui atrás dele.

O velho caminhava sozinho pela Rua dos Pedreiros. Ia para casa, calmo, as mãos nos bolsos.

Estava uma noite linda, o céu limpo, cheio de estrelas, e uma lua crescente lá para o lado do mar. Apressei o passo e andei ao lado dele. Demos as mãos e seguimos calados. Ele olhava para cima.

– Olha como Marte tá brilhando hoje.

NO DIA SEGUIN
TE, QUANDO
ANGELO SAÍA
DO FORUM,
DOMINGOS SE
APROXIMOU E
DEU-LHE UM
MURRO NA
CARA. COLO
COU TANTA
RAIVA NO SOC
QUE ANGELO
EVE DE FAZER

TREZE

No dia seguinte, quando Ângelo saía do fórum, Domingos se aproximou e deu-lhe um murro na cara. Colocou tanta raiva no soco que Ângelo teve de fazer uma pequena cirurgia para extrair a dentadura.

Artur "convenceu" Ângelo a retirar a queixa. Domingos dormiu uns dias na cadeia da delegacia da vila. Uma cela com vista para o mar.

Fui com meu pai visitá-lo. Estava feliz. Disse que o dedo amputado voltara a coçar.

Artur era o novo herói da rua. Fizeram uma grande festa para ele. Era expansivo, cantava, contava piadas, entrava na casa das pessoas e tinha a mania de soltar os passarinhos das gaiolas.

Tínhamos dinheiro para uns dois meses e meu pai não sabia o que fazer. A situação ficou tão grave que íamos à praia catar tocos de vela de macumba para iluminar a casa e restos de madeira para fazer fogo e cozinhar.

Artur nos visitava. Às vezes ficava a semana toda, dando seus pareceres na rede.

Sempre usando sua carteira, foi com meu pai no secretário de saúde, no dono da companhia de ônibus, no Departamento de Lixo. Em um mês inauguramos o posto de saúde, o ponto de ônibus em frente ao Batista e a caçamba reapareceu.

Num sábado de manhã, com banda de música e fotógrafo do jornal local, o vereador chegou dirigindo pessoalmente um caminhão de sua empresa e entregou solenemente as fossas e o material hidráulico, canos, conexões etc. E ainda sorteou cinco privadas.

Como nenhum parente apareceu, a casa de Vera foi transformada em centro comunitário. Ali fizeram uma creche. Ali meu pai fundou uma biblioteca com nossos próprios livros e revistas, e criou uma sala de aula para alfabetizar os adultos à noite. Eduardo ensinava música. As mulheres faziam artesanato para vender aos turistas. Os homens teciam redes de pesca.

José, o sobrinho de Eulália, arranjou emprego como plantador de cana. Fazia o trabalho de três homens. A luz chegou. Batista aposentou a geladeira a gás e passou a vender lâmpadas, fios e tomadas.

Era um domingo ensolarado de verão. Fazia um calor dos diabos. Artur estava na rede, pensativo, quando cheguei com meu pai de uma pescaria com tarrafa.

– Sabe – ele disse –, acho que estou incomodando vocês. Tenho vindo sempre. Já devem estar de saco cheio de mim.

– Para com isso – foi a resposta do velho.

– Não. Sério. Pra falar a verdade, estou gostando muito daqui, do lugar, das pessoas. Não consigo ficar longe muito tempo. Já deu pra notar, não é? Você não sabe de alguma casa pra alugar por aqui?

– Sei de uma pra vender.

– Qual?

– Esta.

Somando as benfeitorias e mais a valorização da área com a chegada da luz, do transporte, do posto de saúde e, futuramente, da rodovia... Vendemos a casa por seis vezes mais do que havíamos pago, e Artur ficou satisfeito.

Atendendo ao pedido do velho, fizeram tudo em segredo. Passaram pelo cartório para transferir a propriedade e depois meu pai depositou o cheque na sua conta no banco da vila.

Teria saudades de Leonor, mas nenhum dos dois saberia ir além.

Meu pai deixou uma lista com Artur.

A tarrafa, para Domingos. O material para fazer vidro, inclusive as instruções dentro da pasta amarela, para Jovi. A bicicleta, para Zé do Boné. A máquina de escrever, para Angenor. A rede, para Batista. E um violão novo para Eduardo.

Tudo isso aconteceu há vinte anos.

Algumas daquelas pessoas estão mortas.

Inclusive a mais querida. Aquela que eu não acreditava que pudesse morrer.

Saímos cedo, o sol ainda nem havia nascido. A rua dormia.

Todas as nossas coisas numa única mochila, nas costas do velho.

A garça na pedra. O urubu no mourão.

De todos aqueles meses, levávamos apenas o grande anel de vidro e alguns poemas.

– Pai, para onde vamos?

– Não sei. Que tal visitar seu avô? Ele ia ficar feliz em ver a gente.

– Legal. E você podia abrir uma fábrica de extrato de tomates.

Ele riu e me deu um tapa na cabeça.